Arcana

een Klaas Blok detective 

Gerjo van der Horst

Uitgeverij Fiola
www.fiola.nl 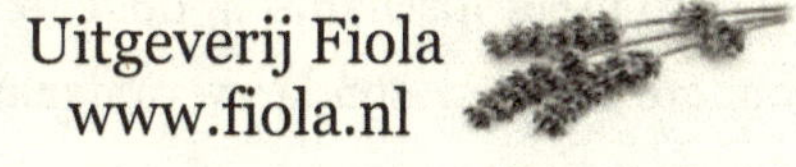

Meer doden in het verkeer dan vorig jaar

Vorig jaar zijn er opnieuw meer verkeersongelukken gebeurd op de B-wegen in Nederland. 928 mensen raakten gewond, 763 kwamen om het leven. Dat is een stijging van maar liefst 11%. Minister Vriens van Verkeer en Waterstaat stelt een onderzoek in naar de oorzaak van deze toename. Zo gaat men kijken of de verlichting langs deze wegen wel afdoende is. Ook bomen die dicht langs de weg staan, kunnen bijdragen aan de toename. De verwachting is dat de resultaten van het onderzoek voor het einde van het jaar beschikbaar komen.

Nieuwe uitbraak Coronavirus in Congo

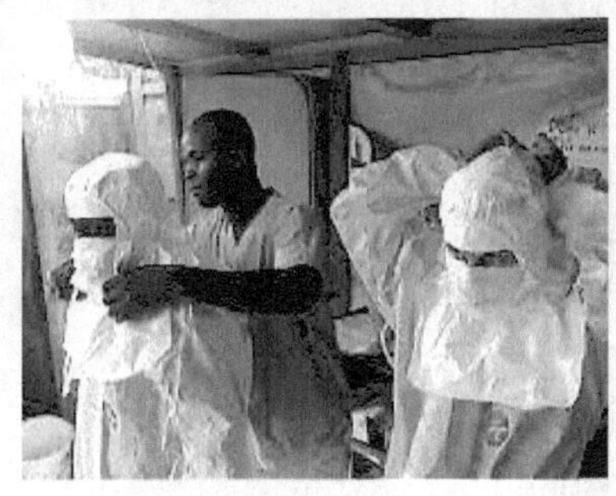

In Congo zijn twaalf nieuwe besmettingen met het Coronavirus gemeld. Het betreft enkele gevallen in een dorp in het binnenland. Volgens de World Health Organisation is er geen reden tot paniek. Het dorp is in lock-down gegaan en de situatie wordt goed in de gaten gehouden.

Man uit Strienen (34) nog steeds spoorloos

In het onderzoek naar de vermiste man uit Strienen is helaas nog geen vooruitgang geboekt. Rechercheur Klaas Blok: 'We geven nog niet op. Nog niet alle opties zijn onderzocht dus er zijn nog mogelijkheden. Maar als de lezers iets weten, kunnen zit dit melden via misdaad anoniem of ons eigen nummer.'

ChristenUnie wil wet op orgaandonatie opnieuw bezien

De ChristenUnie zal komende week een voorstel tot wetswijziging met betrekking tot orgaandonatie indienen. De partij heeft nog steeds grote moeite met het principe van 'geen bezwaar' zoals dit door D66 is geformuleerd. Voorman Jan Schevers: 'Voor ons is het belangrijk dat mensen actief kiezen voor orgaandonatie. Geen registratie betekent dan ook 'nee' in onze ogen. We hebben gezien dat de wijziging die D66 heeft doorgevoerd weinig extra donoren heeft opgeleverd. Daarom willen wij terug naar de oude situatie.'

Met een oorverdovend geluid van ijzer op ijzer kwam de tram abrupt tot stilstand. Niemand was ook maar enigszins beducht op deze noodstop en een enorme chaos ontstond. Passagiers vlogen door het gangpad, bagage viel kletterend uit de rekken, mensen begonnen te gillen. Ook Anne werd van haar zitplaats gekatapulteerd en voor ze het wist schoot ze over de vloer tot ze met een bons haar hoofd stootte tegen de tussendeur naar het andere compartiment. Ah, dat deed pijn! Even werd het zwart voor haar ogen maar gelukkig was ze snel weer bij zinnen. En één gedachte drong zich onmiddellijk aan haar op: haar vlucht! Het kon toch niet zo zijn dat ze haar vliegtuig, dat haar na lange tijd weer naar huis zou brengen, zou missen omdat deze tram duidelijk niet meer verder kon! Verdwaasd keek ze naar de puinhoop om zich heen. Sommige mensen waren gewond geraakt, anderen staarden in shock voor zich uit. -Rustig blijven, Anne- sprak ze zichzelf ferm toe en ze werkte zich overeind. -Rustig aan, zie dat je hieruit komt en neem een taxi, dan komt het allemaal goed.- Wat wiebelig op haar benen graaide ze naar haar bagage die wonderwel naast haar was beland en verbazingwekkend gemakkelijk lukte het haar een deur te openen. Ook een taxi had ze snel gevonden en tot haar opluchting bereikte ze het vliegveld op tijd om haar vlucht te halen.

Gapend drukte Klaas Blok op het knopje van de koffie-machine. Zoals iedere morgen had hij moeite om op gang te komen. Zijn collega's van de afdeling recherche wisten het al precies en natuurlijk werden er de nodige grappen over gemaakt. Bij Klaas moest je niet aankomen voordat hij zijn eerste twee espresso's naar binnen had gewerkt.

Het lampje ging uit en Klaas nam het bekertje mee naar zijn kamer. Daar lag de ochtendkrant klaar. Hij zag dat iemand er een geeltje op had geplakt. 'Loop je zo even binnen? FD'.

FD was Frits Duursema, zijn maat waar hij al jaren mee samenwerkte. Ze vormden een goed team. Hij was meer van het ouderwetse veldwerk, terwijl Frits alle nieuwe ICT snufjes had omarmd. DNA onderzoek, mobieltjes uitmeten, databases uitkammen, dat kon je met een gerust hart aan Frits overlaten.

Klaas sloeg zijn espresso achterover en haalde een beduimelde boterham met kaas uit zijn tas. Ontbijten deed hij ook al jaren op het bureau. Daar gunde hij zich thuis geen tijd voor. Hij nam een hap en las al kauwend de koppen van de krant. Oh ja, die man die al een poosje vermist was. Kennelijk recherchewerk nu. Hij stond op, haalde zijn tweede kop koffie en liep bij Frits naar binnen.

"Morgen, collega. Ik moest even langskomen?"

Frits keek op van het rapport dat hij zat te lezen en gebaarde Klaas dat hij moest gaan zitten.

"Ja klopt. Krant zien liggen?"

"Alleen even de koppen bekeken," antwoordde Klaas, ondertussen zijn laatste hap brood naar binnen werkend. "Gaat om die man zeker?"

Frits knikte.

"Ja, ze willen dat wij er verder induiken. We hebben al wat informatie van de straatdienst gekregen. Het gaat om Reinier van 't Hof, technisch tekenaar. Zijn collega's hebben alarm geslagen omdat hij al een poos niet te bereiken is. Hij loopt in de ziektewet met depressieve klachten en af en toe hebben ze contact met hem zodat hij wel binding houdt met het werk, zeg maar. Maar nu heeft hij al een poos niet gereageerd op zijn telefoon en ook de buren hebben hem al een tijdje niet gezien. Auto ook niet bij huis."

"Zou het misschien suïcide kunnen zijn?" dacht Klaas hardop. "Depressie, ziektewet..."

"Nou, zijn collega's denken van niet. Hij is weliswaar al een poosje uit de roulatie, maar dat komt volgens hen vooral door- dat zijn vrouw nog niet zo lang geleden is omgekomen bij een auto-ongeluk. Het valt natuurlijk ook niet mee om op je 34e je vrouw te verliezen. Dus die depressie snap ik wel. Maar waar- om hij nu al een poosje onvindbaar is, blijft vreemd. Stel dat hij er even tussenuit zou willen, een korte vakantie of zo om alles weer even op een rijtje te krijgen... Je moet dan wel toe- stemming vragen aan het UWV maar dat is over het algemeen geen probleem. Hij heeft echter niets van zich laten horen, ook niet via de bedrijfsarts. En volgens zijn werkgever past dat helemaal niet bij hem. Hij is in zijn werk altijd heel punctueel. Daarom hebben ze ook aan de bel getrokken. Wacht, ik mail je de link naar het dossier."

"Lijkt me een typisch gevalletje van duikt wel weer op," reageerde Klaas nuchter, denkend aan de vele soortgelijke situaties die hij in zijn lange loopbaan langs had zien komen. "Maar goed, ik kijk ernaar."

Hij sloeg z'n tweede espresso achterover en vroeg: "Verder nog iets?"

"Nou, de straatdienst heeft inmiddels die twee jochies op die scooter weten te vinden, je weet wel, die tasjesroof. Jij had gelijk, ze woonden inderdaad in die oude wijk achter het station. Dus dat was een goede tip, collega!"

"Ach ja," schokschouderde Klaas. "Ken uw stad hè."

Hij stond op, mikte zijn koffiebeker met uitgekiende precisie in de prullenbak en liep terug naar zijn plek. Hij startte zijn computer op en opende het krantenarchief. Eens kijken, hij kon zoeken op auto-ongeluk en Van 't Hof. Terwijl het zandlopertje liep, tikte hij de link naar het rapport van de straatdienst aan en begon te lezen. Het waren enkele werknemers van installatiebureau Ter Riele geweest die de politie hadden ingeschakeld omdat ze al meer dan een maand geen contact met hun zieke collega hadden gehad. Ze hadden zowel zijn werktelefoon als zijn privénummer gebeld, maar zonder resultaat. Een collega die in de buurt woonde, was nog bij zijn huis langs gegaan maar had niemand thuis getroffen. De auto had er ook niet gestaan, dat was hem nog wel opgevallen.

'Ping' piepte de computer en Klaas zag dat er zestien zoekresultaten waren. Hij klikte door naar het vervolgscherm en zag de niets-onthullende foto's van het ongeluk dat Reiniers vrouw was overkomen.

"Ach, ach, dat ziet er niet best uit," mompelde Klaas

geschokt. "Geen wonder dat ze dat niet heeft overleefd."

Op de foto's was duidelijk te zien dat de kleine personenauto volledig in elkaar was gedrukt door een grote vrachtwagen die geschaard dwars op de smalle weg stond.

Klaas had gemerkt dat naarmate hij ouder werd, hij steeds meer moeite had om naar dit soort beelden te kijken en hij kon een zeker cynisme bij zichzelf niet ontkennen. Met tegenzin klikte hij door naar de overige artikelen die over het ongeluk waren verschenen. Anne van 't Hof, 29 jaar las hij. Geen kinderen – dat was een gelukje – ging het door zijn hoofd, en ze was onderweg naar het ziekenhuis in de traumahelikopter overleden. Ach, die arme man. Tja, dat was natuurlijk een hard gelag als je je vrouw op zo'n manier moest missen. Ook al kwam het op die B-wegen best regelmatig voor. Een moment van onoplettendheid, verblind door de zon, te lang achter het stuur.

Zoals wel vaker de laatste tijd bedacht Klaas ook nu dat hij al lang geleden een andere baan had moeten zoeken. Zo langzamerhand had hij te veel van dit soort ellende gezien. Hij was er eerlijk gezegd wel een beetje klaar mee. Hij zuchtte diep en stond op om nog een kop koffie te halen. Anne van 't Hof, 29 jaar. Ach, ach.

Vaag hoorde Reinier van 't Hof ergens in zijn hoofd een zacht maar aanhoudend gebel. Kreunend draaide hij zich om en wierp een blik op de wekker. Kwart voor tien. Hij had dat ding toch op tien uur gezet? Opnieuw hoorde hij het geluid en langzaam drong het tot zijn slaperige brein door dat het niet de wekker was maar de deurbel. Hij rekte zich uit en kwam toen mopperend overeind. Hè, waarom lukte het nou nooit om eens lekker uit te slapen! Hij pakte zijn badjas, liep gapend door de gang en opende de deur. Op de stoep stonden twee agenten.

"Mijnheer Van 't Hof?"

Hij was op slag klaarwakker en zijn hart bonkte in zijn keel. Dit was zo'n moment dat je altijd in films zag maar zelf niet wilde meemaken.

"Ja," stamelde hij, zijn stem schor van spanning.

"Het spijt me dat wij u storen," sprak een van de agenten. "Maar bent u de echtgenoot van A. van 't Hof? Bestuurster van een rode Fiat Panda met dit kenteken?"

Hij hield een papiertje omhoog en Reinier zag dat het inderdaad het kenteken van de Panda van zijn vrouw was.

"Ja, dat is de auto van Anne," knikte hij. "Maar... waarom vraagt u dat?"

"Het spijt me," zei de agent nogmaals. "Maar dan hebben wij slecht nieuws voor u. Uw vrouw heeft een ernstig ongeluk gehad. Niet haar schuld hoor! Een vrachtwagen heeft haar bij een verkeerde inhaalmanoeuvre vol geraakt. U begrijpt dat ze geen kans had. Zo'n grote oplegger en dan zo'n klein wagentje. Haar valt dus niets te verwijten. Niet dat u daar veel mee opschiet, dat begrijp ik... maar ik wil u toch laten weten dat de schuld volledig bij de vrachtwagenchauffeur ligt, ook al gaf de tachograaf aan dat hij niet te hard heeft gereden."

Als in trance staarde Reinier de agent aan. Toen vroeg hij hakkelend:

"En... hoe is het met haar? Ze is toch niet dood hè! Zeg dat ze niet dood is!"

De tweede agent schraapte zijn keel.

"Nou, helaas kunnen wij daar nog niets over zeggen. De brandweer heeft haar uit het wrak bevrijd en daarna is ze met een traumahelikopter afgevoerd. Op dat moment leefde ze nog, dat weten we wel. Maar het is onduidelijk naar welk ziekenhuis ze is gebracht. Niet alle ziekenhuizen hebben onmiddellijk plek op de spoedeisende hulp. Meestal wordt onderweg pas duidelijk waar een patiënt geplaatst kan worden. Wat we echter wel kunnen doen, is u meenemen naar de plaats van het ongeval als u dat wilt. Het zou voor ons fijn zijn als u kunt bevestigen dat het inderdaad haar auto is en misschien liggen er nog persoonlijke spullen in de wagen die u mee wilt nemen. Maar als u dat niet ziet zitten moet u het eerlijk zeggen hoor."

Reinier slikte en even moest hij zijn gedachten ordenen. Toen knikte hij.

"Ja, eh... ja, dat wil ik wel, denk ik," reageerde hij nog steeds een beetje verward. "Maar... dat kan natuurlijk niet zo... in mijn badjas, bedoel ik."

Hulpeloos keek hij de mannen voor zich aan.

"Geen probleem hoor," glimlachte de agent begripvol. "Wij

wachten wel tot u bent aangekleed."

"Oh, mooi..." mompelde Reinier. "Eh... komt u anders even binnen."

Hij opende de deur wat verder en de agenten namen plaats aan de keukentafel terwijl hij gehaast wat kleren bij elkaar grabbelde. Binnen een minuut was hij klaar.

Vaardig stuurde de agent de politieauto door het drukke verkeer en al snel waren ze op de plaats van het ongeluk. Er was geen twijfel mogelijk. Reinier herkende de rode Fiat van zijn vrouw meteen. Met afschuw zag hij hoe het kleine wagentje volledig in elkaar was gedrukt door de grote vracht-wagen die nog steeds dwars over de weg stond. Agenten leidden professioneel het verkeer om en forensisch onder-zoekers bekeken alle sporen. Iedereen was met man en macht bezig zodat de route weer snel vrijgegeven kon worden. De tranen liepen Reinier over de wangen. Hij begreep dat iedereen zijn werk moest doen maar... zijn vrouw! Het was wel zijn vrouw die dit was overkomen! De agent legde respectvol een hand op zijn schouder.

"Gaat het?" vroeg hij meelevend. "Ik weet, dit is vreselijk voor u. Ik zie dat u inderdaad de auto van uw vrouw herkent. Maar we geven de moed nog niet op! Mijn maat is op dit moment aan het bellen met de meldkamer die de trauma-helikopter heeft aangestuurd. Misschien weten ze al meer over haar. Sowieso is ze in goede handen hoor, dat verzeker ik u. Zullen wij anders even kijken of er nog persoonlijke spullen zijn gevonden? Ik zie daar een collega staan, die kunnen we het vragen."

Samen liepen ze naar het wrak. Tot Reiniers teleurstelling had de agent ter plaatse echter niets in of in de buurt van de wagen gevonden. En dat terwijl Reinier zeker wist dat Anne wel degelijk bagage had meegenomen. Een vestje omdat het 's avonds wat kil zou worden, haar handtasje en een aktetas met wat papieren. In een flits zag hij hoe ze die ochtend, gehaast omdat ze altijd aan de krappe kant wegging, die spullen bij elkaar had gezocht en had gezegd:

"Tot vanavond lieverd! Ik moet nu echt gaan anders kom ik te laat. Jij haalt nog wat voor het avondeten, toch? Doe maar wat makkelijks dan zijn we snel klaar. En oh ja, de grijze bak moet aan de weg, doe je dat ook nog even? Nou, dag hè!"

Een snelle aai door zijn warrige haardos en dat was het dan. Een diepe zucht ontsnapte hem en even wankelde hij op zijn benen. De agent zag het.

"Waarschijnlijk zijn haar spullen in de helikopter terecht gekomen," zei hij zacht. "Ik zal er nog even naar vragen, oké? Voor nu kunnen we hier niets meer betekenen. Ik denk dat ik u weer naar huis breng dan kunt u proberen wat tot rust te komen. En zodra wij weten waar uw vrouw is opgenomen, hoort u het uiteraard meteen."

Reinier knikte stil en gelaten liet hij zich meevoeren naar de politieauto die hem in no-time weer thuis afleverde. Daar zakte hij uitgeput neer. Even staarde hij met een lege blik voor zich uit. Maar toen begonnen zijn gedachten te malen. Want moest hij nu niet van alles doen? Zijn werkgever bellen. Anne's ouders op de hoogte brengen. Zijn eigen ouders en niet te vergeten Anne's werk. Hij zuchtte diep. Het was toch niet te bevatten dat je leven van het ene op het andere moment zo op zijn kop kon staan.

Klaas had één droom. Een wens die hij al jaren koesterde en waar hij uren over kon mijmeren. Zo'n droom die we allemaal wel hebben. Stel je voor dat... oeh, dán zou ik...

Bij Klaas was die droom een klein huisje, midden in het bos. Ver weg van alle onrust, zonder buren. Hij woonde nu al jaren in het centrum van de stad, niet ver van het bureau en dicht bij zijn favoriete café van Bady waar hij een graag geziene gast was. Nu was Strienen maar een klein stadje, dus zo druk was het er nou ook weer niet. Maar toch kon Klaas ernaar verlangen, naar zo'n huisje met niemand om je heen. Alleen bomen, vogels en, met een beetje geluk, eekhoorntjes die je vanuit je huiskamer kon observeren.

Bijna niemand wist het, maar naast zijn werk als rechercheur had Klaas nog een passie: schilderen. In zijn huis had hij niet echt ruimte voor een atelier. Hij schilderde daarom gewoon in de woonkamer. Maar het licht was daar niet echt naar zijn zin en hij vond het vervelend voor de visite dat het er altijd rommelig was. Niet dat hij vaak visite kreeg, maar toch. Vandaar ook zo'n huisje in het bos: dan kon hij naar hartenlust schilderen en zijn rotzooi gewoon laten liggen. Zijn voornaamste vrijetijdsbesteding de laatste jaren was dan ook zoeken naar zo'n huisje. Tot nu toe zonder resultaat maar hij gaf de moed niet op. Ergens, dat wist hij zeker, wachtte dat huisje op hem. Hij moest het alleen nog even vinden.

Ook vandaag zette hij zijn zoektocht voort. Hij haalde zijn oude autootje uit de garage en reed weg. En hij besloot voor de verandering eens een andere richting te kiezen. Tot nu toe had hij vooral ten noorden van de stad gezocht, waar veel bossen waren. Maar nu ging hij naar het zuiden. Daar was het meer open met weilanden en her en der een boerderij. Voor iets van bos moest je een flink eind verder zijn, verder dan hij eigenlijk wilde. Maar misschien moest hij die afstand voor lief nemen als hij daar wel een mooi plekje zou vinden.

Hij had zeker al een half uur gereden voor hij weer in een bos terechtkwam. Hij kende deze weg wel. Hij wist dat verderop een charmant dorpje lag waar hij in het plaatselijke café aan het marktplein wel eens een kop koffie had gedronken. Na dat dorp kwam er echt een eind aan de bosschages. Je reed dan de polder in met uitgestrekte velden en windmolens aan de horizon. Als hij echt tussen de bomen wilde blijven, moest hij dus niet veel verder doorrijden. Puur op gevoel sloeg hij daarom een onverhard pad in dat hem dieper het bos in bracht. Hij genoot. Het licht werd gefilterd door het bladerdak en her en der zag hij dennenbomen en van die handige gekleurde paaltjes die wandelroutes markeerden. Hobbelend door gaten en over keien kwam hij uiteindelijk op een wat groter zandpad uit. Hij besloot zijn auto te laten staan en een stukje te gaan lopen. Hij parkeerde in de berm en wurmde zich door een flinke strook dicht struikgewas.

En daar, hij kon zijn ogen niet geloven, was het! Achter die hoge struiken stond zijn huisje! Het zag er precies zo uit als hij voor ogen had gehad. Niet te groot, puntdak, groen geverfde kozijnen en rood-witte luiken. Hoewel het huisje er verwaarloosd uitzag, was hij er meteen verliefd op. Hij liep erom heen, hier en daar nog wat struiken aan de kant duwend, en gluurde door de ramen. Hij zag een woonkamer met een houtbrander en een aparte keuken. Niet groot, maar voor hem goed genoeg. Eén slaapkamer, prima. Logés kreeg hij toch niet.

Hij voelde zijn hart sneller slaan. Na al die tijd van zoeken had hij dan eindelijk zijn droomhuis gevonden! Het pandje was duidelijk al jaren niet bewoond, dus dat bood perspectief. Alleen: hoe kwam hij erachter van wie het was? Even staarde hij peinzend voor zich uit. Toen baande hij zich een weg terug door de struiken, stapte weer in zijn auto en volgde het zand-pad wat verder. Eens kijken wat hij daar tegenkwam.

Hij leek weer wat meer in de bewoonde wereld te komen want langs het pad zag hij een hoog hek met een stevige afrastering en daarachter een groot landhuis met, dat viel hem meteen op, dezelfde rood-witte luiken als bij het huisje in het bos. Zou dat betekenen dat zijn huisje misschien bij dit land-goed hoorde? Ha, ha, hij betrapte zich erop dat hij het in gedachten al 'zijn huisje' noemde.

Hij reed langzaam langs het hek en zag tot zijn vreugde iets verder, aan de andere kant van de afrastering, een man in het uniform van een beveiliger lopen. Misschien kon die hem wel meer over dit complex vertellen. Hij stapte uit en riep met luide stem:

"Hallo! Hallo daar! Mag ik wat vragen?"

Geen reactie. De man liep onverstoorbaar door. Maar Klaas gaf het niet op. Hij trok een sprintje langs het hek tot hij dichterbij de man was en riep toen nog een keer:

"Hallo daar! Mijnheer? Mag ik u wat vragen?"

De beveiliger had hem nu kennelijk wel gehoord want hij draaide zich om en kwam op hem toe.

"Goedendag!" begroette Klaas hem joviaal toen hij binnen gehoorsafstand was. "Alles goed?"

De man glimlachte vriendelijk.

"Ja hoor, prima! Met u ook, hoop ik. U wilde wat vragen?"

"Ja, klopt," knikte Klaas. "Een eindje verderop in het bos staat een klein huisje en ik heb belangstelling om dat te huren of misschien wel te kopen. En nu vroeg ik me af of het wellicht bij dit landgoed hoort. Omdat het dezelfde kleur luiken heeft, zeg maar. En als dat zo is, dan kunt u mij misschien wel met de eigenaar in contact brengen."

De beveiliger knikte bevestigend.

"Ja, u heeft het goed, dat huisje hoort inderdaad bij dit pand. Als ik het goed heb, was het een portiershuisje of zo, vanuit de tijd dat dit nog een florerend landgoed was. Ik weet niet hoe het met dat pandje is, maar dit gebouw is helaas sterk verwaarloosd zoals u kunt zien. Wij lopen hier iedere dag een rondje om de boel te controleren. Eerlijk gezegd vraag ik me af waarom want afgezien van wat aannemers die af en toe langskomen, heb ik hier al weken niemand gezien. Op zich logisch, zo gemakkelijk kom je niet over dit hek heen."

"Van wie is dat huis dan?" vroeg Klaas, nieuwsgierig een blik op het enorme pand werpend.

"Tja, precies weet ik dat ook niet," antwoordde de man. "Ik heb wel een telefoonnummer dat ik kan bellen als er iets aan de hand is, maar dat is van een zaakwaarnemer of zo. Ze willen er ooit nog wat mee doen, dat weet ik wel. Volgens mij zijn er plannen om er een hotel of zo van te maken en zijn ze nog bezig om de financiering rond te krijgen. Daarom lopen we hier, om te voorkomen dat vandalen de boel vernielen. Ach, ik loop m'n rondjes, check of het hek nog intact is en ga dan fluitend weer naar huis. Wie doet je wat, zullen we maar zeggen."

"Nou, je moet inderdaad een flinke zak geld meenemen als je daar nog wat van wilt maken," merkte Klaas op. "Het is best een groot pand. Alleen aan het achterstallige schilderwerk ben je al een vermogen kwijt. Maar ooit was het een mooi, statig gebouw dat kun je wel zien. Dus op zich wel tof als het weer een bestemming zou krijgen. Slopen kan altijd nog, niet waar."

"Daarom," beaamde de beveiliger. "En wie weet een gelukje voor u. Misschien zijn ze wel blij dat ze wat geld van dat huisje kunnen maken. Weet u, geef mij anders uw telefoonnummer dan zorg ik ervoor dat u terug wordt gebeld. Dat voelt beter dan dat ik u zomaar dat nummer van die zaakwaarnemer geef. Is dat goed wat u betreft?"

Klaas knikte opgetogen, allang blij dat hij een ingang had gevonden. Hij haalde een pen en papiertje uit zijn binnenzak, noteerde zijn nummer en gaf het aan de beveiliger.

"Bedankt alvast hè! Super dat je dit voor me wilt doen!"

En met een zwaai van zijn arm liep hij vrolijk fluitend terug naar zijn auto. -Zie je nou wel- dacht hij. -De aanhouder wint, dus nooit te snel opgeven!- Die eigenschap kwam hem in zijn werk immers ook altijd van pas. Hij stapte in en opgewekt reed hij terug naar huis.

Met grote stappen beende Reinier de hoofdingang van het plaatselijk ziekenhuis binnen. Hij was ziedend. Het was nu al enkele uren geleden dat zijn vrouw Anne dat vreselijke ongeluk had gehad en nog wist hij niet hoe het met haar was.

Hij was weliswaar al snel gebeld door een van de agenten die hem die ochtend zo goed hadden begeleid, maar die kon alleen vertellen dat het ziekenhuis dat het dichtst bij de plaats van het ongeluk lag geen capaciteit op de intensive care had gehad en dat ze de helikopter hadden doorgestuurd. Meer wist hij op dat moment niet. Maar hij zou onmiddellijk bellen zodra er nieuws was. Reinier had meteen besloten daar niet op te wachten. Het was gewoon niet te doen om werkloos op de bank te zitten en af te wachten. Dat paste totaal niet in zijn karakter. Dus had hij besloten het heft in eigen hand te nemen.

Achter de balie in de hal zat een jonge receptioniste.

"Kan ik u helpen mijnheer?" vroeg ze vriendelijk.

"Dat hoop ik," antwoordde Reinier, zijn woede onderdrukkend. "Ik ben op zoek naar mijn vrouw. Ze heeft vanochtend een ongeluk gehad en ik wil weten of ze hier is binnengebracht. Anne, Anne van 't Hof."

"Ik zal eens kijken," knikte het meisje en ze trok het toetsenbord van de computer naar zich toe. "Eens kijken, vanochtend... mevrouw van 't Hof... Geboortedatum?"

Ongeduldig gaf Reinier haar de informatie, ondertussen

onrustig met zijn vingers op de balie trommelend. Het meisje klikte verschillende pagina's door maar schudde toen haar hoofd.

"Nee, hier is ze niet opgenomen. Maar ik kan nog even kijken bij onze dependance."

Opnieuw klikte ze wat pagina's door maar zonder succes.

"Het spijt me, maar in onze vestigingen is ze niet bekend. Ik ben bang dat ik u niet verder kan helpen."

"Nou, dat dacht ik wel," gromde Reinier echter. "Want jij gaat NU de helikopterdienst voor mij bellen om uit te zoeken waar ze dan wel naartoe is gebracht."

Verstoord keek het meisje op.

"Nou zeg, u hoeft niet meteen zo'n toon aan te slaan," zei ze verongelijkt. "Ik wil heus wel mijn best voor u doen, maar er staan mensen achter u die ook geholpen willen worden en het behoort niet tot mijn taak om zomaar jan en alleman te gaan bellen."

Die opmerking schoot Reinier in het verkeerde keelgat. In een opwelling greep hij het meisje over de balie heen ruw bij haar blouse en sleurde haar bijna van haar stoel.

"Het kan me geen moer schelen hoeveel mensen er staan te wachten en wat jouw taken wel of niet zijn," zei hij dreigend. "Jij belt die helikopterdienst en wel nú, begrepen!!"

Verschrikt knikte het meisje en terwijl ze de mensen achter Reinier een verontschuldigende blik toewierp, pakte ze de telefoon. Ze drukte een nummer en draaide haar stoel iets af, zodat Reinier niet kon horen wat er werd gezegd. Zo te zien kreeg ze in ieder geval wel iemand aan de lijn. Hij hoorde haar praten met degene aan de andere kant. Het duurde niet heel lang en meteen na het beëindigen van het gesprek belde het meisje nog een nummer. Ook dat duurde niet heel lang en al snel draaide ze haar stoel terug en zei een stuk vriendelijker dan daarvoor:

"Mijnheer Van 't Hof? Er is iets meer bekend hoor. Ik mag u daar niets over zeggen, maar er komt zo iemand bij u. Wanneer u daarginds bij die balie plaatsneemt dan wordt u zo snel mogelijk te woord gestaan."

Ze wees hem waar hij naartoe kon gaan en richtte haar aandacht toen op de volgende in de rij.

Onrustig liep Reinier naar de plaats die ze had aangewezen en zakte daar neer op een stoel. Met een lege blik staarde hij voor zich uit, niet goed wetend hoe hij met de woorden van het meisje om moest gaan. Er was iets meer bekend, had ze gezegd. Moest hij dat nu positief of negatief interpreteren? En wilde hij eigenlijk wel weten hoe of wat... Kijk, die onzekerheid was niet fijn natuurlijk, maar het gaf hem wel hoop. Hoop dat het allemaal toch mee zou vallen. Hoop dat hij Anne misschien wel gewoon mee naar huis zou kunnen nemen straks. Hoop tegen beter weten in... daar was hij zich dan ook wel weer van bewust. In ieder geval zou hij wel wijzer worden, of hij dat nu wilde of niet, en daar was hij natuurlijk wel voor gekomen. Hij zuchtte diep en keek op zijn horloge. Tien voor drie alweer? Deze dag was echt omgevlogen. Hopelijk hoefde hij nu niet al te lang meer te wachten.

Een vrouw kwam langs met een karretje. Of hij koffie wilde? Hij schudde zijn hoofd. Nee, niets nu. De tijd verstreek en onrustig draaide hij op zijn stoel. Weer keek hij op zijn horloge. Vijf over drie... Hoe lang lieten ze hem hier nog zitten in vredesnaam? De onrust nam bezit van hem en hij kon niet meer blijven zitten. Hij stond op en ijsbeerde geagiteerd heen en weer. Toen zag hij een man, gekleed in een witte doktersjas, op hem toekomen.

"Mijnheer Van 't Hof? Excuus dat het even duurde."

De man gaf hem een hand.

"Versteegh, dienstdoend arts. Loopt u mee?"

Reinier knikte en in een waas volgde hij de dokter naar een kleine kamer iets verderop in de gang.

"Gaat u zitten," zei de man, wijzend op een stoel.

Reinier nam plaats en ook de arts ging zitten achter een klein bureau. Hij nam meteen het woord.

"Mijnheer Van 't Hof, u heeft hier misschien al rekening mee gehouden. Maar uw vrouw heeft het ongeluk van deze ochtend helaas niet overleefd. Hierbij condoleer ik u met dit verlies."

Hij nam een kleine pauze om het nieuws tot Reinier door te laten dringen. Daarna vervolgde hij:

"Excuus dat wij u dit bericht niet sneller konden geven. Dit komt omdat uw vrouw al in de traumahelikopter is overleden. Dan gaat er bij ons een ander protocol in werking. Normaal moet een arts van ons ziekenhuis iemand even gezien hebben om de officiële dood vast te stellen. En bij ongelukken kijkt er ook altijd even een forensisch arts mee. In dit geval was er echter een trauma-arts aan boord van de helikopter die dit kon doen. In zo'n geval gaat een slachtoffer rechtstreeks naar ons mortuarium om daar de laatste zorg te krijgen. En dat kan de receptioniste niet zien in de computer. Nogmaals excuus daarvoor."

Reinier knikte. Hij wilde iets zeggen maar zijn keel zat dichtgesnoerd van verdriet. De arts zag zijn emotie.

"Wacht, ik pak wat water voor u," zei hij meelevend en hij vulde een bekertje aan een kleine wastafel.

Reinier nam het van hem aan maar zijn handen trilden zo dat hij geen slok durfde te nemen. Met omfloerste stem vroeg hij:

"Dus... ze is nu wel hier?"

De arts knikte.

"Ja, ze heeft de laatste zorg ontvangen. Daarna komt er een medewerker van het uitvaartcentrum om iemand mooi op te baren, zodat familieleden de overledene kunnen zien en daar een goede herinnering aan overhouden. Helaas is dit in uw geval niet mogelijk. Uw vrouw heeft te veel letsel opgelopen, ook in het gelaat. Daarom hebben we besloten de kist te sluiten. Ik hoop dat u zich daarbij neer kunt leggen. Ik kan u zeggen dat het echt beter is zo. Zo kunt u zich haar herinneren zoals ze was."

Aangeslagen staarde Reinier de man aan. Zoveel informatie in zo'n korte tijd. Het drong allemaal maar langzaam tot hem door.

"U bedoelt... dat ik haar niet meer kan zien?" stamelde hij geschokt.

De arts knikte.

"Het spijt me. Maar geloof me, dat is echt beter."

Vol afschuw liet Reinier alles binnenkomen. En plotseling begon hij hartstochtelijk te huilen. Zijn schouders schokten en tranen liepen langs zijn wangen.

"Het spijt me," zei de arts opnieuw. "We weten dat dit voor familieleden heel moeilijk te accepteren is. Maar we hebben alleen maar het beste met u voor..."

Reinier huilde nog steeds. En weer zag hij voor zich hoe het die ochtend was gegaan. Hij was vrij geweest van zijn werk en had lekker willen uitslapen. Hij had nog in bed gelegen toen zij wegging. Een snelle aai over zijn bol had ze hem gegeven. Hoe lief! Terwijl hij er helemaal niet aan had gedacht om haar een prettige dag te wensen. Had hij maar wat meer tijd voor haar genomen. Waarom niet even samen ontbijten? Zeker nu ze nog maar net terug was van een lang verblijf in het buitenland. Drie maanden maar liefst had ze in Rusland gewerkt om een reportage te maken over de staat van de gezondheidszorg daar na corona. Een prachtige klus waar ze volop van had genoten. Maar na de eerste week dat ze weer terug was, een week waarin ze ervan hadden genoten om elkaar weer te zien en samen dingen te doen, waren ze al snel weer in hun normale doen en laten vervallen. Niet dat dat erg was. Maar zoals vandaag... was dat uitslapen nu echt nodig geweest?

"Er komt nu veel op u af," sprak de arts zacht. "Daarom stel ik voor dat ik u in contact breng met iemand van het uitvaartcentrum. Zij zullen u helpen om alles te regelen. En uiteraard kunt u uw wensen omtrent de uitvaart met hen bespreken. De ervaring leert dat mensen het erg fijn vinden om daar ondersteuning bij te krijgen. Dus als u even heeft, dan zal ik informeren of uw vrouw inderdaad nog hier is of dat ze misschien al is overgebracht."

Hij stond op en verliet de ruimte, Reinier achterlatend. Die was blij dat hij even alleen was. Zijn gedachten tolden nog steeds door zijn hoofd. Hij dacht aan alle plannen die ze hadden gehad. Die verre reis naar Azië maken. Een grotere woning kopen zodat ze aan gezinsuitbreiding konden denken. Een huis met een mooie, ruime tuin moest het zijn waar de kinderen lekker konden spelen. Hij staarde leeg voor zich uit.

Over, weg. Alles weg, in één klap weg. En dat omdat die vrachtwagenchauffeur zo nodig moest gaan inhalen op die veel te smalle weg. De arts kwam weer binnen.

"Nu, uw vrouw is al overgebracht naar het uitvaartcentrum," zei hij ernstig maar niet onvriendelijk. "Ik heb voor u kunnen regelen dat u daar vanavond langs kunt gaan. Hier heeft u het adres. En naar ik begreep kunt u daar ook wat persoonlijke spullen in ontvangst nemen."

Hij overhandigde Reinier een kaartje en drukte hem gemeend de hand.

"Ik wens u heel veel sterkte de komende tijd. En mocht u nog vragen hebben dan kunt u uiteraard altijd bellen."

Nog een vriendelijke knik en daar stond Reinier weer buiten, het kaartje in zijn hand. Hij keek ernaar. Uitvaartcentrum Vredehof stond erop in sierlijke letters met het adres en een telefoonnummer erbij. Hij zag dat de arts er iets achterop had geschreven: 19.30 uur. Hij stak het in zijn binnenzak en doodmoe van alle emoties keerde hij terug naar huis.

Enkele seconden had ze in het luchtledige gezweefd. Dat moest het moment zijn geweest waarop die enorme vrachtwagen ineens op haar weghelft was verschenen en ze had beseft dat dit het einde was. Met rechts de steile rivierdijk en links andere tegenliggers had ze geen uitwijkmogelijkheid gehad. De angst duurde maar even. Daarvoor ging het te snel. Ze had zelfs geen tijd gehad om te remmen. En toen, ineens, dat moment van overgave, vreemd aangenaam. Los van de aarde leek ze en een enorme rust had de angst verdreven. Zou het zo voelen als je naar de hemel ging?

De klap was enorm en liet niets over van haar kleine auto. De vreselijk pijn, eerst in haar benen en daarna al snel door haar hele lichaam, had haar ruw uit het luchtledige weggerukt. Gelukkig was ze snel buiten bewustzijn geraakt.

En nu was ze dus hier, in een kamer die overduidelijk aan een ziekenhuis deed denken. Ze had geen idee hoe lang ze hier al was. Wat ze wel wist, was dat ze zich knap beroerd voelde. Alles, werkelijk alles aan haar lichaam deed pijn. Wat dat betreft was ze hard met beide benen op de grond terecht-gekomen en het idee dat ze op weg was naar de hemel, was volledig verdampt.

Ze probeerde zo min mogelijk te bewegen. Dat kon ook bijna niet anders, want ze merkte dat ze verbonden lag aan allerlei apparatuur. Een slangetje in haar neus, een infuus, een apparaat dat een regelmatige piep liet horen. Die piep ... die had ze nog niet zo lang geleden ook gehoord.

En langzaam kwamen de herinneringen terug. Die vrachtwagen natuurlijk. Maar ook sirenes, veel harde sirenes. Een helikopter, ja, dat geluid herinnerde ze zich heel goed. Enkele brandweermannen die haar na een voor haar gevoel lange, lange tijd op een brancard hadden gelegd. Pijn! Toen, een broeder die een kapje op haar mond had gezet. Lucht! En daarna... slaap? Vaag het gevoel dat ze werd opgetild en weer het geluid van die helikopter. Een piep, regelmatig, net als de piep die ze nu hoorde. En daarna niets meer, tot nu.

Ze zuchtte en probeerde voorzichtig iets te gaan verliggen en te kijken of ze zo nog wat zou kunnen slapen. Ze dommelde een beetje weg maar schrok op van voetstappen op de gang. Enkele kleine lampjes werden aangedaan en een sympathiek uitziende verpleger verscheen naast haar bed.

"Dag mevrouw. Zo, u bent er weer bij zie ik. Dat is fijn. Hoe gaat het met u? Ik ben Bart. Ik heb u al een tijdje onder mijn hoede alleen heeft u daar weinig van gemerkt. Daarom is het goed om te zien dat u weer aanspreekbaar bent. Vindt u het goed dat ik even uw bloeddruk controleer?"

Hij pakte een apparaat uit het kastje naast haar bed, plaatste geroutineerd de drukband om haar arm en blies hem op. Bah, Anne vond dat altijd een naar, strak gevoel. Gelukkig, de verpleger maakte de band alweer los.

"Die is gelukkig in orde," glimlachte hij geruststellend. "Wilt u misschien iets drinken? Een slokje water is wel fijn, denk ik."

Hij verdween achter het gordijn en kwam al snel weer terug

met een bekertje in zijn hand. Hij hielp haar om wat te drinken en vroeg toen:

"Wat denkt u, kunt u nog wat slapen? Het is pas half vier, dus het zou fijn zijn als u nog wat rust kon pakken."

"Ik ga... het proberen," fluisterde Anne een beetje schor omdat ze kennelijk lang niet had gepraat.

"Goed zo!" knikte Bart bemoedigend. "Dan kom ik straks nog een keertje kijken. En het bekertje zet ik hier op uw nachtkastje, ziet u wel?"

Hij maakte aanstalten om weer te gaan, maar Anne hief haar hand op om zijn aandacht te trekken.

"Waar... ben ik eigenlijk?" vroeg ze, haar stem nog steeds een beetje onzeker. "Dit is niet het ziekenhuis van Strienen, toch?"

"Nee, dat klopt," knikte Bart bevestigend. "U bent in een kliniek die speciaal is toegerust om ernstig zieken en zwaargewonden te behandelen. Omdat u best ernstig letsel heeft opgelopen, hebben wij u een poosje in slaap gehouden. Zo konden wij u vast behandelen zonder dat u te veel ongemak hoefde te verdragen. En zo te zien gaat het al beter dus dat is mooi. Wij werken hier met een klein, hecht team. U zult dus niet al te veel verschillende gezichten zien. Dat is wel zo prettig, niet waar?"

Anne knikte. Maar ze had nog meer vragen.

"Mijn man..." sprak ze dringend. "Hij... heeft toch wel bericht gehad? En... mijn ouders?"

"Natuurlijk!" knikte Bart. "Meteen na het ongeval hebben wij ze laten weten dat u hier bent opgenomen. En we hebben ze ook verteld dat ze voorlopig nog niet op bezoek kunnen komen. Ons beleid is dat patiënten eerst voldoende hersteld moeten zijn. Alleen: dat kost tijd. U moet er daarom rekening mee houden dat u hier nog wel een poosje zult zijn. Maar zodra u bezoek kunt ontvangen, krijgt uw familie hier uiteraard bericht over en mogen ze komen, dat is helemaal geen probleem."

Anne knikte opgelucht. Gelukkig! Haar familie was dus op de hoogte van alles. Ze wisten dat ze het ongeluk had overleefd en dat ze in deze kliniek werd verpleegd. Die wetenschap gaf haar rust. Bovendien was ze zo te zien in goede handen. Aan Bart kon ze in ieder geval merken dat hij veel ervaring had en dat stelde haar gerust. Ze sloot haar ogen in een nieuwe poging om nog wat te slapen. Bart doofde zorgzaam de lampjes rond haar bed en verliet daarna haar kamer.

Op de gang werd hij opgewacht door zijn geneeskundig directeur. Hoewel de man zijn leidinggevende was, hadden ze in de loop der jaren een vriendschappelijke band opgebouwd al voelde Bart ook dat ze nooit écht vrienden zouden worden. Daarvoor verschilden hun karakters te veel, wat ook wel weer een leuke dynamiek gaf trouwens.

"En, is ze goed uit de narcose gekomen?" informeerde de man nieuwsgierig.

"Ja, ze was zelfs heel goed aanspreekbaar!" vertelde Bart opgetogen. "Het is echt niet te geloven dat ze naar verhouding zo weinig verwondingen heeft opgelopen. En wat een mazzel toch dat ze hier terecht is gekomen! Maar vertel, heb je al iets van Freek gehoord? Heeft hij al contact kunnen leggen met het ziekenhuis daar?"

De directeur schudde zijn hoofd.

"Nee, nog niet. Kan ook nog niet, hè. Het is een groot land en hij moet best een eind reizen om er te komen. Maar ik heb hem uitstekende referenties meegegeven én hij spreekt de taal. Dus het komt vast goed."

"Ik wist helemaal niet dat hij zo'n talenwonder was," merkte Bart op en hij grapte: "Misschien had ik toch ook dat extra vak op school moeten kiezen. Maar ja, als puber bedenk je niet dat zoiets ooit van pas zou kunnen komen! En ik ben toch zó benieuwd of hij de ontbrekende informatie boven tafel kan krijgen!"

"Nou, ze hebben daar ook een personeelstekort, dus hij is denk ik meer dan welkom. Maar of hij de juiste persoon weet te vinden is natuurlijk wel de vraag," knikte de directeur. "Nou ja, afwachten maar."

"Je houdt me toch wel op de hoogte, hè," zei Bart dringend.

"Natuurlijk, zodra ik meer weet, ben jij de eerste die het hoort," beloofde de directeur. "En nu weer aan het werk jij!"

Met een joviale klap op Barts schouder beëindigde hij hun gesprek en liep de trap af, terug naar zijn kantoor.

Het uitvaartcentrum was gevestigd in een grote villa uit het begin van de 19ᵉ eeuw. Het lag aan de rand van de stad met een mooie, parkachtige tuin eromheen en een soort pleintje met flink wat parkeerplaatsen ervoor. Op zich een goede locatie. Toch hadden de koude marmeren vloer en de hoge plafonds Reinier naar de keel gegrepen.

Hoewel hij zeer vriendelijk werd ontvangen door een heel aardige mevrouw, had hij het gevoel dat hij hier niets te zoeken had. Natuurlijk, hij wist wel dat er van alles geregeld moest worden. Maar de wetenschap dat de kist gesloten zou blijven waardoor hij Anne sowieso niet meer kon zien, overschaduwde alles. Alles was daardoor ineens zo onbelangrijk in zijn ogen. Al helemaal hoeveel kopjes koffie de gasten zouden krijgen en of er wel of niet een plakje cake of zo bij geserveerd moest worden. Zijn vrouw was dood! Het liefste in zijn leven was ineens uit zijn bestaan weggerukt, zomaar, van het een op het andere moment. Dus wat deed hij hier? Het liefst zou hij thuis in bed kruipen met de dekens over zijn hoofd en net doen alsof de wereld niet bestond en hijzelf al helemaal niet meer.

De vrouw van het centrum had natuurlijk veel ervaring en ze schatte de situatie meteen goed in. Troostend legde ze een hand op Reiniers schouder en vol begrip zei ze:

"Weet u wat wij doen. Wij gaan eerst naar uw vrouw kijken. Al die andere dingen kunnen wachten. Ik weet, dit voelt heel dubbel voor u omdat u haar niet écht kunt zien. Maar ik denk dat het goed is dat u toch even ziet wat wij hebben gedaan en of dat naar uw zin is. Oh wacht, ik moet nog even de sleutel halen."

Ze liep naar een klein kantoortje, links naast de monumentale voordeur. Reinier zag door de open deur hoe ze een la van een zwaar, eiken bureau opende en daar de sleutel pakte.

"Zo, komt u maar hoor."

Ze staken de grote hal over en de vrouw opende een deur en ging hem voor een kamer binnen.

Hij kwam terecht in een sereen verlicht vertrek. Frêle gordijnen filterden het licht en één wand had zo'n levensechte muurschildering van een bos dat je je daadwerkelijk in de natuur waande. Maar Reiniers aandacht werd meteen getrokken naar de kist die ondanks de mooie aankleding de ruimte domineerde. Een rilling trok over zijn rug. Zo ging dat dus... Dit was dus je eindstation, uiteindelijk.

Hij had in zijn leven nog maar één uitvaart meegemaakt: die van zijn oma. Maar toen was hij een kind geweest en het was allemaal een beetje langs hem heen gegaan. En oude mensen gingen nu eenmaal dood, hoe hard dat ook klonk. Maar zijn Anne was pas 29, hoe oneerlijk was dat! Even welde er woede in hem op, woede op die vrachtwagenchauffeur die zo stom was geweest om zo roekeloos in te halen! Maar al snel voelde hij ook berusting. Want wat had het voor zin om kwaad te worden. De situatie was zoals hij was, daar kon hij niets meer aan veranderen, en daarom was hij nu hier en lag zijn vrouw daar in die kist.

"Ik hoop dat het zo naar uw zin is," sprak de vrouw zacht. "We konden helaas niet met u overleggen en dan proberen we zo goed mogelijk in te schatten wat de juiste keus zou kunnen zijn. Hopelijk hebben we dat goed gedaan."

Reinier knikte. Schor zei hij:

"Ja hoor, het is prima zo. Al heb ik haar ook wel eens horen zeggen dat ze in zo'n rieten mand begraven wilde worden omdat dat beter zou zijn voor het milieu. Maar ach, dan moet u weer zoveel moeite doen."

"Maar daar zijn we toch voor!" reageerde de vrouw meelevend. "En zoveel moeite is het niet hoor. Ik ga kijken wat er mogelijk is en dan laat ik u nog even weten of dat op tijd lukt, want zo één hebben we eerlijk gezegd niet op voorraad. En in het ergste geval kunnen we altijd nog naar de leverancier rijden om er eentje op te halen."

Dankbaar keek Reinier haar aan.

"Dat zou dan toch wel fijn zijn!" zei hij zacht. "En wat is dit een prachtige ruimte! Alleen... vindt u het goed als ik wat kaarsen aansteek? Anne hield van kaarsen. Ze stak 's avonds ook altijd een kaarsje aan bij de foto van mijn oma die al een poos terug is overleden. Dus dat zou ik wel mooi vinden."

"Ja, natuurlijk is dat goed!" glimlachte de vrouw. "Zal ik twee staande kandelaars halen, zodat we die aan weerszijde van de kist kunnen zetten? En u kunt natuurlijk nog een bloemstuk bestellen om op de dag zelf op de mand te leggen. Dat staat ook altijd heel mooi."

Ze verliet het vertrek en was al snel weer terug met de kandelaars. Samen staken ze de kaarsen aan en toen verdween de vrouw weer, Reinier alleen achterlatend met zijn verdriet. Een hele poos zat hij daar, zijn hand op de kist. Zo leek het of hij toch nog een beetje met Anne verbonden was. De vrouw bracht hem nog een kopje koffie en dankbaar keek hij haar aan.

Pas toen hij er echt klaar voor was, bespraken ze de rest. De vrouw bestelde de mand terwijl hij een kaart uitzocht en een mooie, passende tekst schreef. De muziek kwam ter sprake en ook de datum voor de uitvaart werd vastgesteld. Vanuit het kantoortje naast de voordeur waar ook een computer stond, verstuurde de vrouw alles naar de drukker. En toen alles was geregeld, overhandigde ze Reinier Anne's handtas, het tasje waar ze zo aan was verknocht en dat ze altijd bij zich droeg.

"Dit is helaas het enige wat ze hebben kunnen redden. Maar wat vind ik het fijn voor u dat ik u dit nu kan geven."

Dapper zijn tranen wegslikkend nam Reinier het tasje van haar aan en klemde het stevig tegen zijn borst. Hoe fijn was dit, dat hij nu toch nog een klein stukje Anne mee naar huis kon nemen! Ontroerd bedankte hij de vrouw voor alle goede zorgen. De schemering viel al in toen hij om half tien uitgeput maar toch ook wel opgelucht naar huis fietste.

Al snel voelde Anne zich wat beter. Ze had geen infuus meer en kon zelfstandig douchen in haar eigen badkamer die bereikbaar was vanuit haar kamer. Het personeel zorgde goed voor haar. Zoals Bart had gezegd, was het een klein team en dat was op zich prettig. Wat ze wel vervelend vond, was dat iedereen zich nogal afstandelijk gedroeg. Eigenlijk was Bart de enige die af en toe een praatje met haar maakte. De anderen gunden zich daar zo te zien geen tijd voor en bleven vooral professioneel. Iets meer persoonlijke aandacht had Anne wel prettig gevonden, zeker in deze situatie die vreemd voor haar was.

Het was de eerste keer dat ze in een ziekenhuis lag en dit maakte haar best onzeker, vooral nu het personeel niet veel moeite deed om haar op haar gemak te stellen. Misschien dat ze daardoor haar familie steeds meer miste. Ze zou dolgraag bezoek ontvangen, haar ouders en Reinier weer zien. Ze had Bart al een paar keer gevraagd of dat nu eindelijk kon. Maar ze kreeg steeds hetzelfde antwoord -ik overleg het- om vervolgens niets meer te horen.

Nu ze hier wat langer verbleef, had ze wel een beter beeld gekregen van dit ziekenhuis, of, zoals Bart het steevast noemde, deze kliniek. En ze wist eerlijk gezegd niet zo goed wat ze ervan moest vinden. Het was er rustig. Het leek erop dat er niet veel mensen werden verpleegd. Dat zou een geruststellend idee kunnen zijn. Maar Anne vond het wel érg rustig.

Ze miste de dynamiek die je in een gewoon ziekenhuis wel had. En dat zat 'm niet alleen in het feit dat er geen bezoek kwam, maar ook in andere zaken. Auto's die je buiten hoorde rijden, gelach en gepraat op de gang, een koffiejuffrouw die eens langskwam. Hier zag ze naast de dagelijkse schoonmaker alleen de verpleging en af en toe een arts die haar vaak zonder iets te zeggen kort observeerde en dan weer verdween. Op de een of andere manier maakte het haar wat achterdochtig.

Ze lag nog steeds op een één-persoonskamer. Zeker in het begin, toen ze best veel pijn had gehad en zich erg ziek had gevoeld, had ze dat fijn gevonden omdat je dan op z'n minst het idee had dat je een ander niet tot last was. Maar nu zou ze willen dat ze af en toe een gesprekje met iemand kon voeren. Normaal was ze niet zo van de oppervlakkige praatjes. Maar nu verlangde ze ernaar om het gewoon over koetjes en kalfjes te kunnen hebben, welke recepten ze de laatste tijd had uitgeprobeerd, hoe leuk de nieuwe foto's van de prinsessen waren en zelfs, wie had dat gedacht, of de klassieker tussen Ajax en Feyenoord wel of niet zonder rellen zou verlopen.

Ze wist al dat ze niet in Strienen in het ziekenhuis lag. Maar waar deze kliniek zich dan wel precies bevond, was haar nog niet duidelijk. Van de omgeving kon ze niet veel zien. Dit kwam omdat ze niet door het raam naar buiten kon kijken. Tot zeker twee meter hoog zat er van dat ondoorzichtige plastic opgeplakt. Ze wist dus niet of daar buiten huizen waren, een stad, wegen of misschien wel een park. Ze had overwogen om op een stoel klimmen om over het plastic heen te gluren, maar nee, dat lukte haar nog niet. Daarom had ze Bart naar het adres gevraagd. Hij had beloofd het haar te geven zodra ze bezoek mocht ontvangen. Maar omdat dat bezoek telkens werd uitgesteld, had ze het adres nog niet gekregen en wist ze dus nog niets. Ze merkte dat ze daar eigenlijk geen genoegen meer mee wilde nemen. Het was toch niet teveel gevraagd dat ze wilde weten waar ze nu eigenlijk was? En dat ze nu al zo lang hier lag zonder telefoon, zonder radio of tv en zonder dat er iemand bij haar op bezoek was geweest, dat was toch niet normaal? Zelfs tijdens de corona lock-down had ze meer afleiding gehad. En na voor de zoveelste keer nul op het rekest te hebben gekregen, nam ze zich voor om zelf op onderzoek uit te gaan. Er was hier vast ergens een kantoortje of zo waar ze op zijn minst de locatie van deze kliniek zou kunnen achterhalen.

Dat voornemen zou trouwens nog een hele onderneming worden. Ten eerste was ze op dit moment nog lang niet mobiel genoeg om hier überhaupt over te denken. En ten tweede zat de deur van haar kamer de laatste tijd op slot. Eigenlijk ging hij alleen open wanneer er iemand van de verpleging bij haar was. Bart had uitgelegd dat er op dit moment een patiënt werd verpleegd die wellicht een besmettelijke aandoening onder de leden had en anderen zou kunnen aansteken. Om dat te voor-komen, hadden ze besloten om alle deuren dicht te houden. Anne begreep deze redenering op zich wel maar toch zag ze niet in waarom haar deur dan ook op slot moest. Het zou toch voldoende moeten zijn om die ene patiënt te isoleren zodat zij en de anderen daar niet onder hoefden te lijden?

Onrustig door al deze gedachten kroop ze uiteindelijk toch maar weer in bed en probeerde een houding te vinden waarin ze wat kon slapen. Maar het bleef malen in haar hoofd. Het voelde hier gewoon niet goed op de één of andere manier. Terwijl ze het tegelijkertijd moeilijk te geloven vond dat Bart en het andere personeel niet gewoon het beste met haar voor hadden. Let wel: ze had een zeer ernstig ongeluk gehad. Meer dood dan levend hadden ze haar uit het wrak van haar auto gehaald. Hoeveel pijn had ze niet gehad in die eerste weken. Maar dat was allemaal goed gekomen. Ze hadden haar uitstekend geholpen. Ze kon weer zitten, een beetje lopen, douchen. Ze had kleding gekregen, puzzelboekjes en wat tijdschriften om de tijd te doden. Helaas hadden ze geen persoonlijke bagage uit het wrak kunnen redden. Jammer, want in haar handtas zat zo'n leuke foto van Reinier. Eentje waarop hij vrolijk lachte en die haar altijd blij maakte als ze ernaar keek. Maar het eten was goed, de ruimte schoon. Ze kwam er dan ook niet echt uit. Haalde ze zich nu ten onrechte van alles in haar hoofd? Of zat haar controledrang haar zoals zo vaak weer eens dwars en moest ze zich maar gewoon overgeven aan de situatie?

Ze zuchtte en draaide zich op haar zij. En ze dacht aan Reinier. Ach, wat zou ze er niet voor over hebben om nu naast hem te liggen. Gewoon even lekker tegen hem aankruipen en zijn warme lijf tegen het hare te voelen. Ze had er een goede gewoonte van gemaakt om iedere avond voor het slapengaan even intens aan hem te denken in de hoop dat hij op de een of andere manier haar gedachten zou oppikken. Ze liet hem dan weten hoe erg ze hem miste. En dat ze hoopte dat hij snel op bezoek mocht komen. Het idee dat deze gedachten haar ooit wat op zouden leveren, hield haar op de been en met een iets geruster gevoel viel ze uiteindelijk dan toch in slaap.

Vandaag wilde Klaas zich nader inlezen in het dossier over Reinier van 't Hof. Hij had een dubbele espresso gehaald en daarna het document opgezocht op zijn computer. Er stond weinig bruikbare informatie in. Zijn collega's van de straatdienst hadden weliswaar de nodige mensen ondervraagd, zoals de werkgever van Reinier, de buren, enkele kennissen en wat collega's van Anne. Maar daar was niet veel uitgekomen. Wel leerde hij wat meer over Anne. Zo was ze journalist bij een landelijke krant en had ze dit jaar enige tijd in Rusland gewerkt om een serie over de gezondheidszorg daar te maken. Iedereen had zonder uitzondering verklaard dat Reinier en Anne heel aardige mensen waren. Hard werkend en met een bloeiend sociaal leven. Smoorverliefd op elkaar, geen relatieproblemen. En dat het ongeluk van Anne een keerpunt in Reiniers leven was geweest.

Tot dan toe had het geluk hem toegelachen. Hij was met mooie cijfers voor zijn Hbo-opleiding geslaagd, had al snel een baan gevonden waar hij zelfs al promotie had gemaakt. Ook financieel ging alles voor de wind. Misschien had de dood van Anne hem daarom zo diep geraakt. Het was de eerste echte tegenslag in zijn leven geweest. -Nog geen eelt op zijn zielbedacht Klaas al lezende.

Bij het dossier zaten enkele bijlagen, zoals het leasecontract van de auto van Reinier. Die auto was natuurlijk ook, net als

Reinier, al een poos onvindbaar en de leasemaatschappij wilde nu wel eens weten of ze er een verzekeringskwestie van moesten maken. Een zoekopdracht in diverse databases, ook op Europees niveau, had niets opgeleverd. De auto was niet betrokken geweest bij een ongeluk en was ook niet als gestolen geregistreerd. Zelfs de camera's van de Rijksdienst voor het wegverkeer en de beveiligingscamera's in en rond Strienen hadden het kenteken niet opgepikt. Een voorzichtige conclusie was dat Reinier kennelijk niet met deze auto de snelweg was opgegaan en ook de grens niet was overgestoken, maar dat was het dan ook.

Klaas krabde zich achter zijn oor en zuchtte even. Van dit rapport werd hij niet echt wijzer. Hij nam een slok koffie en liep met het bekertje in zijn hand naar het kantoor van Frits.

"Nou, aan dat dossier hebben we niet veel, Frits," verzuchtte hij terwijl hij op de rand van Frits' bureau ging zitten. "We kunnen wat dingen uitsluiten maar daar houdt het dan ook op. Wat me wel opviel: er zit geen forensisch rapport bij. Zijn ze nog niet in de woning geweest?"

"Ik zal eens kijken," bromde Frits en hij opende de agenda van forensische zaken. "Prinses Irenelaan 23 toch? Even kijken... Nee, daar kan ik niets over vinden. Zo te zien moet dat inderdaad nog gebeuren. Zal ik dat dan maar meteen inplannen? Even kijken hoor, vrijdag doen?"

Klaas knikte.

"Ja, prima joh. We moeten toch ver..."

Zijn zin werd ruw onderbroken door de beltoon van zijn privé-telefoon. Met een verontschuldigende blik richting Frits zette Klaas zijn koffiebeker neer en haalde zijn toestel tevoorschijn.

"Ja, met Blok," reageerde hij kortaf omdat hij niet graag tijdens werktijd werd gestoord.

Hij luisterde met zichtbaar ongeduld naar degene aan de andere kant van de lijn maar ineens zag Frits een brede glimlach op zijn gezicht verschijnen.

"Ja, als u één momentje heeft, dan loop ik naar m'n plek om mijn agenda te raadplegen."

Klaas legde zijn hand op het toestel zodat de ander niet kon meeluisteren en fluisterde opgewonden:

"Frits, dit is die zaakwaarnemer, je weet wel, die van dat huisje in het bos! Hij wil een afspraak maken! Oeh, misschien gaat het nog wel door ook!"

Frits schoot in de lach om zijn enthousiasme en hij stak spontaan zijn duim in de lucht. Zonder dat Klaas dat had gezien overigens, want die was al naar zijn kamer gesneld om zijn agenda voor de dag te halen.

"Morgenmiddag? Ja, dat is prima. Om twee uur bij u op kantoor. Ja, dat gaat lukken. Dan zie ik u dan. Moet ik nog iets meenemen? Ah ja, natuurlijk. Identiteitsbewijs, financiële gegevens. Komt in orde, neem ik mee. Heel erg bedankt voor het bellen. En dan zie ik u morgen."

Met een -fijne dag nog!- beëindigde hij het gesprek en maakte toen een dansje van plezier.

"Frits!" riep hij om het hoekje van de deur. "Morgenmiddag ben ik er even niet hoor! En... kan ik donderdag eventueel een snipperdag nemen?"

De volgende dag om stipt twee uur stond Klaas bij notariskantoor Jonk op de stoep. Opgewonden belde hij aan. Een aardige secretaresse opende de deur en ging hem voor naar de kamer van de notaris. Ook deze ontving hem uiterst vriendelijk.

"Mijnheer Blok, gaat u zitten. Fijn om kennis met u te maken. Misschien wilt u iets drinken? Koffie, thee…"

"Nou, als u een espresso voor me in de aanbieding heeft," antwoordde Klaas opgewekt.

De secretaresse knikte instemmend en ze was snel terug met twee kopjes.

"Zo, mijnheer Blok," stak de notaris van wal. "Dat was een aangename verrassing voor ons om te horen dat u belang-stelling heeft voor het portiershuisje van landgoed De Maere. Dus zal het u verheugen om te horen dat de eigenaar genegen is om het te verkopen. Ik ben zo vrij geweest om alvast een concept koopcontract op te stellen."

Hij opende een la en haalde het document tevoorschijn.

"Ik stel voor dat we het samen even pagina voor pagina doorlopen. De eigenaar heeft namelijk wel een paar voor-waarden gesteld. Zo kan er niet onderhandeld worden over de prijs en moeten de luiken en kozijnen in de originele kleuren van het landgoed blijven. Dus als u het bedrag redelijk vindt…"

Hij wees op de verkoopprijs en Klaas' hart sloeg een slag over. Het bedrag was veel lager dan waar hij op gerekend had!

"Dat lijkt me inderdaad een redelijke prijs," knikte hij opgetogen. "Ik heb al bericht van de bank ontvangen over een eventuele hypotheek en dit valt binnen de marge. Dus dat is mooi! En misschien kunt u iets vertellen over de geschiedenis van het landgoed, daar ben ik wel benieuwd naar."

"Zeker kan ik dat," antwoordde de notaris. "Het landgoed is eeuwen in handen geweest van één adellijke familie. Er zijn archiefstukken uit de 17e eeuw waarin het al wordt vermeld.

Het is al die tijd van vader op zoon overgegaan. Maar de laatste baron had geen kinderen. Per testament heeft hij bepaald dat de huidige eigenaar, een verre neef, de nieuwe landheer moest worden."

"En wie is dat, die neef?" vroeg Klaas nieuwsgierig. "Hij moet dit contract dan toch ook tekenen, denk ik?"

"Nou, hij heeft mij gemachtigd om voor hem te tekenen, dus dat is geregeld," stelde de notaris Klaas gerust. "Verder kan ik helaas niet zo veel over hem vertellen. Het is iemand die, hoe zal ik het zeggen, nogal wat deuken heeft opgelopen in zijn leven omdat hij stelling durfde te nemen tegen bepaalde heersende machtsstructuren. En dan zijn er altijd van die mensen die dat persoonlijk opvatten en zich bedreigd voelen. Er is toen een enorme hetze tegen hem opgezet. In mijn ogen geheel onterecht want hij streed voor een rechtvaardige zaak. Maar de pers kreeg er lucht van en dan weet je het wel. Negatieve publiciteit, gedoe. En dan trek je als gewone man toch aan het kortste eind. Zo heeft hij bijvoorbeeld door dat alles zijn baan verloren. U zult begrijpen dat hij daarom wat in de luwte wil blijven."

"Dat begrijp ik zeker!" knikte Klaas meelevend. "Wij zien in ons werk soms ook wel mensen die op zo'n manier in de knel komen en die dan ten einde raad het recht in eigen hand nemen, met alle gevolgen van dien. Zo te horen gaat uw cliënt daar verstandiger mee om. Maar ik kan me voorstellen dat hij helemaal niet zo blij was met die erfenis. Het is toch een hele verantwoordelijkheid om zo'n groot landgoed te moeten onderhouden. Of kreeg hij er een vette bankrekening bij?"

De notaris schoot in de lach.

"Klopt, het was inderdaad een behoorlijke verrassing voor

hem, vooral omdat hij die tak van de familie eigenlijk nauwe-lijks kende. Toch wilde hij er geen afstand van doen. Het is natuurlijk toch familiebezit en je wilt ook niet dat het na al die tijd in andere handen komt. Vandaar het idee om er een hotel te beginnen. Zijn zoon zit in de horeca en die vindt het wel een uitdaging om er iets moois van te maken. Zelf wil hij het liefst op de achtergrond blijven zodat zijn zoon geen last krijgt van zijn slechte reputatie. Vandaar dat hij ook enkele taken aan mij heeft overgedragen."

"Dat klinkt allemaal goed doordacht," reageerde Klaas op-recht. "En wat is op dit moment de status rondom dat hotel?"

"Wel, er is een aannemer door het huis gegaan en die heeft een offerte uitgebracht. Nu zijn ze in gesprek met enkele investeerders en met de bank om te kijken of ze het financieel rond kunnen krijgen. Misschien beginnen ze binnenkort vast met een beetje opruimen. Dus het kan zijn dat u wat auto's ziet rijden of mensen aan het werk ziet."

"Alleen maar leuk om alles vanaf de zijlijn een beetje te volgen," lachte Klaas. "En last zal ik er niet van hebben, daarvoor ligt het huisje te ver weg."

"Dus we kunnen zaken doen?" concludeerde de notaris en hij haalde een mooie, goudkleurige pen voor de dag.

"Dat lijkt me wel!" knikte Klaas en hij ging er echt voor zitten.

Met genoegen zetten beiden hun handtekening op het contract. Toen schudde de notaris Klaas de hand.

"Heel erg gefeliciteerd, mijnheer Blok!" zei hij oprecht. "Het is u van harte gegund."

Hij dook nogmaals in zijn la en haalde een bosje sleutels voor de dag. Hij legde Klaas uit welke sleutel waarbij hoorde en met een -Maak er wat moois van- namen ze afscheid.

Met zijn hoofd in de wolken reed Klaas meteen door naar de enige doe-het-zelf markt die Strienen rijk was en haalde er verfkrabbers, schuurpapier, kwasten en verf in de juiste kleuren. En ook al was de middag inmiddels vergevorderd, besloot hij om toch nog naar zijn nieuwe aanwinst te rijden. Hij parkeerde zijn auto in de berm en wurmde zich door het struikgewas. Hij voelde zich supergelukkig toen hij voor het eerst de sleutel in het sleutelgat stak en de deur openzwaaide.

Er was nog genoeg licht om iets te doen en vol energie ging hij aan het werk. Eerst moesten alle spinnenwebben en stof-nesten eraan geloven anders kon hij niet met verven beginnen. Dat was nog een behoorlijke klus maar voor het begon te schemeren had hij het voor elkaar. De rest kon tot morgen wachten.

De volgende dag was hij al weer vroeg van de partij. Hij begon met het schuren van de luiken. Daarna plakte hij alles perfect af om de kleurvlakken netjes in te kunnen vullen. Die middag kreeg hij één kleur af. Terwijl de verf droogde, ging hij binnen verder. Stoffen, stofzuigen, dweilen. De meubels die hij wilde houden schoonmaken, de rest kon naar de kringloop.

Het lukte hem om de volgende ochtend de tweede kleur op de luiken aan te brengen. Het resultaat was prachtig! Precies zoals bij het grote landhuis, de eigenaar kon tevreden zijn. Met een voldaan gevoel dronk hij een kop koffie in zijn eigen tuintje. Hij hoorde de wind door de bomen en de vogels fluiten. Ja, de aankoop van dit huisje was een goede zet geweest!

Met een schok schrok Reinier wakker. Hij merkte dat hij rechtop in bed zat. Rillend trok hij de deken om zich heen. Bah, nu had hij alweer zo'n onrustige nacht gehad, met dromen waarvan hij niet met zekerheid durfde te zeggen of het wel werkelijk dromen waren omdat alles zó echt leek, maar waarvan hij tegelijkertijd wist dat het niet echt kón zijn. Feit was dat het hem knap rusteloos maakte en dat paste helemaal niet bij hem.

Reinier zag zichzelf als een nuchter type. Zakelijk en met beide voeten op de grond. Zo was hij niet gelovig omdat hij het vrij onzinnig vond om in iets te geloven wat je niet kon zien en wat bovendien wetenschappelijk totaal niet te bewijzen viel. Hij had dus ook niet veel op met spiritualiteit of dat soort 'zweverige toestanden' zoals hij het altijd noemde. Allemaal nonsens, zo keek hij ernaar. Je leefde hier en nu, en als je dood ging dan had je het gehad. Jammer misschien, maar zo zat het leven nu eenmaal in elkaar.

Hoe anders was dat voor Anne. Zij stond wel degelijk open voor verhalen van mensen die aangaven hun overledenen na de dood nog te hebben gezien of die vertelden een bijna-dood-ervaring te hebben meegemaakt. Ook keek zij regelmatig naar televisieprogramma's waarin een medium contact zoekt met overledenen. -Dat is toch frappant Reinier, dat iemand zoveel kan vertellen over een persoon die hij nog nooit heeft ontmoetzei ze dan bevlogen, in een poging haar man te overtuigen van haar gelijk. Maar Reinier haalde zijn schouders ervoor op. Volgens hem was het allemaal doorgestoken kaart. Hoe het precies werkte wist hij niet, maar dat zo'n medium zich van te voren had ingelezen of zo, daar was hij van overtuigd. Anne schudde dan meestal maar lachend haar hoofd en liet de kwestie voor wat hij was. Op dit punt zouden ze het waarschijnlijk toch nooit eens worden. Maar nu...

Na alle hectiek van de eerste weken, waarin er zoveel geregeld moest worden, was Reinier eindelijk in rustiger vaarwater beland. Maar juist nu, nu hij weer wat tot zichzelf was gekomen, ging er bijna geen nacht voorbij of het was zover: Anne bezocht hem in zijn slaap. Het bracht hem in grote verwarring. Aan de ene kant genoot hij ervan om haar te zien. Het leek zo echt, zo bedrieglijk echt, alsof ze werkelijk lijfelijk naast zijn bed stond en hij haar zomaar aan zou kunnen raken als hij zijn hand uitstak! Aan de andere kant maakte het hem verdrietig. Want ook al voelde het heel echt, hij wist dat het slechts een illusie was.

De eerste keer dat het hem overkwam, had hij er dan ook vrij nuchter naar kunnen kijken. Logisch toch dat hij over haar droomde nu ze de laatste tijd zijn leven zo had beheerst. Maar naarmate het vaker gebeurde, ging hij twijfelen. Wás het wel een droom of had ze daar echt gestaan? En bestond het dan toch... leven na de dood... dat overledenen zich na hun dood nog lieten zien. Hij had daar nooit in geloofd en eigenlijk geloofde hij het nog steeds niet. En op de een of andere manier voelde het ook niet zo. Nee, het was eerder alsof ze nog leefde... alsof ze... ergens was en contact met hem zocht maar dan op een heel andere manier dan hoe hij het op tv had gezien. In de verhalen van die mediums was alles altijd koek en ei. Overledenen vertelden zonder uitzondering hoe geweldig het wel niet was in het hiernamaals, met schitterend licht en prachtige muziek. De familie hoefde zich totaal geen zorgen te maken want het was daar een paradijsje en als zij aan het eind van hun leven waren gekomen, zouden hun geliefden daar op hen wachten om elkaar innig in de armen te vallen.

Maar zo voelde het voor Reinier helemaal niet. Integendeel! Iedere keer als hij Anne zag, was ze verdrietig en vaak zag ze er slecht uit. En steevast hoorde hij: -Ik mis je! Toe... kom, ik wil je zo graag zien!- En vooral daardoor kon hij er niks mee. Voor hem leek het alsof ze nog leefde en dat ze zijn hulp nodig had. Maar... hoe dan?

Misschien kwam het doordat de kist dicht was geweest... Hij had niet écht gezien, met zijn eigen ogen gezien, dat ze dood was. Theoretisch, puur theoretisch natuurlijk, zou het dus kunnen dat ze níet in die kist had gelegen. Maar dat was in dit land toch niet mogelijk? Artsen waren toch betrouwbaar? En die lieve mevrouw van het uitvaartcentrum, nee, het bestond toch niet dat die tegen hem zou hebben gelogen?

Doodop liet hij zich achterover op zijn kussen zakken. Misschien moest hij toch maar eens bij zijn huisarts langsgaan. Door al die gebroken nachten kon hij overdag bijna niet meer normaal functioneren. Hij maalde maar door over Anne en of ze nou wel of niet dood was... Ook nu kwam hij er niet uit en pas na uren piekeren viel hij eindelijk in slaap.

Die vrijdag toog Klaas samen met Frits naar het huis van Reinier en Anne. Hoewel Klaas zich eigenlijk geen tijd gunde, veel liever was hij verder gegaan met alles wat er nog in zijn huisje moest gebeuren, begreep hij dat hij deze afspraak niet kon laten lopen. Bovendien wilde hij zuinig zijn met zijn snipperdagen. Je wist immers maar nooit of je ze nog ergens voor nodig had.

Het huis aan de Irenelaan was een mooie, moderne eengezinswoning. Je kon zien dat er voldoende inkomen binnenkwam om er goed van te kunnen leven. Fraaie meubels, de kleuren perfect op elkaar afgestemd. Een luxe keuken met alles erop en eraan. Veel vrolijke vakantiefoto's uit allerlei landen: Indonesië, Frankrijk, Brazilië. Klaas moest er stiekem een beetje om lachen. Hoe anders zag zijn droomhuisje er op dit moment uit! En ook zijn gewone huis, moest hij toegeven. Voor hem hoefde het allemaal niet zo keurig. Hij hield wel van een beetje rommel. Dan kon je zien dat er in een huis ook echt werd geleefd. En op vakantie ging hij bijna nooit. Hij was verknocht aan Strienen waar hij was geboren en getogen en waar hij ooit ook hoopte te sterven.

Het forensisch team was mooi op tijd aanwezig en ging minutieus aan het werk. Zodra zij een kamer vrijgaven, kamden Frits en Klaas deze zorgvuldig uit op zoek naar eventuele bijzonderheden. Maar ze vonden niets ongewoons.

Wel beide paspoorten, wat leek te bevestigen dat Reinier inderdaad niet over de grens was gegaan. Maar dat was het dan ook. Geen vreemde aantekeningen in een agenda, geen kassabonnetjes van rare aankopen. En ook, misschien helaas, geen afscheidsbriefje. Dit maakte de optie dat Reinier zelfmoord zou hebben gepleegd een stuk kleiner. Degenen die echt met voorbedachte rade suïcide pleegden, lieten meestal wel zo'n briefje achter wisten Klaas en Frits uit ervaring.

Uit routine had het team nog de nodige vingerafdrukken veilig gesteld. Deze zouden worden opgeslagen in een database zodat, mocht er iemand worden gevonden of aangehouden, er gecontroleerd kon worden of het Reinier was. En twee laptops werden meegenomen voor verder onderzoek.

Maar op de uitslag daarvan ging een doorgewinterde rechercheur als Klaas natuurlijk niet zitten wachten. Leuk, al die nieuwe opsporingsmethodes maar die hadden ze vroeger ook niet gehad en toen werden er ook mysteries opgelost. Dus lang leve het ouderwetse veldwerk! Er waren nog genoeg andere mogelijkheden om verder te komen. Bijvoorbeeld via Reiniers huisarts. Reinier had voor zijn verdwijning een poos in de ziektewet gelopen en in die periode was hij regelmatig bij zijn huisarts geweest. Dus was het vast zinvol om eens met die man te gaan praten. Terug op bureau belde Klaas met de praktijk en diezelfde middag kon hij al terecht. De arts ontving hem in zijn normale spreekkamer.

"Gaat u zitten mijnheer Blok," zei hij vriendelijk, een uitnodigend gebaar met zijn hand makend. "Nou, dat gebeurt me niet elke dag moet ik zeggen, bezoek van de politie. Dus ik hoop dat ik iets voor u kan betekenen."

Klaas koos een stoel aan de ene kant van het bureau terwijl

de arts aan de andere kant plaatsnam.

"Ik ben hier omdat we onderzoek doen naar de vermissing van Reinier van 't Hof," stak Klaas van wal. "U heeft dat vast wel meegekregen denk ik."

De arts knikte meelevend.

"Ja, ik heb het gevolgd in de krant. En ik heb even kort gebeld met zijn ouders om wat vragen van hun kant te beantwoorden. Wat een drama, zo iets. Eerst de dood van Anne en nu dit. Echt heel triest."

"Was hij al lang patiënt van u?" vroeg Klaas, ondertussen een klein schrijfblokje en pen uit zijn zak halend.

"Nou, een paar jaar, schat ik zo," antwoordde de arts. "Eigenlijk is hij via zijn vrouw hier in praktijk gekomen. Haar ken ik al van kinds af aan. Toen ze gingen trouwen is hij ook hier gekomen. Ze vonden het belangrijk om als gezin één arts te hebben, zeg maar. En dat is natuurlijk ook prettig. Maar eigenlijk zag ik ze nooit. Het waren natuurlijk actieve, jonge mensen die veel sportten en zelf ook goed op hun gezondheid letten. Het is pas van de laatste tijd dat mijnheer Van 't Hof hier vaker kwam, de arme man."

"Ja, het valt natuurlijk ook niet mee om je vrouw op zo'n manier te verliezen," beaamde Klaas. "Bent u als dokter nog betrokken geweest bij dat ongeluk?"

De arts schudde zijn hoofd.

"Nee, bij dit soort ernstige gevallen wordt eigenlijk meteen specialistische hulp ingeschakeld. De rol van de huisarts is dan meestal het opvangen van de familie. Zo ben ik nog wel naar de uitvaart geweest. Ik vind het wel belangrijk om dan als huisarts even je gezicht te laten zien."

"En is u daar nog iets bijzonders opgevallen?" vroeg Klaas.

"Aanwezigen die u niet verwacht had, of misschien juist miste. Waarvan u dacht, hé waarom is die er niet."

De arts dacht even na.

"Nee, eigenlijk niet," zei hij toen. "Alles was keurig geregeld. Maar dat is eigenlijk altijd zo bij Vredehof. Ik kom er natuurlijk wel vaker. En alles is altijd tip top in orde. Zo werd Anne begraven in zo'n mooie, rieten mand. Dat vind ik dan fijn om te zien, dat er ruimte is voor persoonlijke wensen. En wat ik ook heel bijzonder vond, is dat de chauffeur van die vracht-wagen er was. Dat is toch fenomenaal. Weet u, Reinier, eh mijnheer Van 't Hof bedoel ik natuurlijk, was zo boos op die man. Zo verschrikkelijk boos. En dat begrijp ik. En toch was hij er. Hij huilde zo, de arme man. Tja, je kunt zeggen: hij is de dader. Door hem is Anne er niet meer. Maar tegelijkertijd is hij natuurlijk ook slachtoffer. Dit moet hij toch maar zijn hele leven met zich meedragen. Daar wordt niet altijd bij stil gestaan maar ik vind het wel belangrijk om dat ook te benoemen. Want hoe zou u zich voelen wanneer u iemand had doodgereden? Dat moet je toch maar met je geweten zien te rijmen!"

Klaas glimlachte geroerd.

"Wat mooi dat u dat zo zegt. Want zo is het wel natuurlijk. Helaas is de praktijk weerbarstiger. Ik weet dat het Openbaar Ministerie deze zaak wel heeft opgepakt. En als uit onderzoek blijkt dat er niets mis was met zijn truck, dan kan hem dood door schuld ten laste worden gelegd. Met misschien wel een gevangenisstraf tot gevolg. Tja, je kunt je afvragen of dat terecht zou zijn. Tegelijkertijd moet roekeloos rijgedrag uiteraard wel ontmoedigd worden. En de familie van het slachtoffer eist vaak ook een vorm van genoegdoening. Die kunnen er natuurlijk niet zo gemakkelijk genuanceerd naar kijken. Tja... ”

Even viel er een stilte. Beide mannen waren verzonken in hun eigen gedachten. Toen zei de arts, de stilte verbrekend:

“Misschien is dit niet het beste moment om dit te zeggen mijnheer Blok, maar gaat het met u wel goed? U ziet eruit alsof u wel een paar weekjes vakantie zou kunnen gebruiken. Ik snap dat u natuurlijk van alles tegenkomt in uw beroep. Lukt het u wel om dat allemaal een beetje te verwerken?”

Klaas schokschouderde en glimlachte wrang.

“Ach, ik loop al zo'n 35 jaar mee,” antwoordde hij met enige tegenzin. “Maar u heeft wel een punt. Het gaat me allemaal niet meer zo makkelijk af als tien jaar geleden. Ik heb eerst bij zedenzaken gewerkt. Maar daar ben ik mee opgehouden. Dat is echt niet meer dan een paar jaar te doen. Wat je daar allemaal tegenkomt! Onvoorstelbaar. Dan zou je denken dat dit wat makkelijker zou zijn. Zo bijzonder is dit nou ook weer niet, zeg maar. Maar als ik me dan probeer in te leven in de familie van een vermiste... ik bedoel, je kan beter weten dat iemand dood is dan zo'n open eindje te hebben. Als iemand dood is, kun je iets afsluiten. Maar dit... daarom geven we het nog niet op! We zullen vast iets vinden, een aanwijzing of wat ook, die ons verder zal helpen. Dat is dan weer ons werk hè. Familieleden duidelijkheid geven.”

“Ja, daarom is het ook zo jammer dat Reinier, mijnheer Van 't Hof, maar niet kon aanvaarden dat zijn vrouw is omgekomen,” sprak de arts peinzend. “Terwijl, als je de foto's ziet... die heeft u vast ook gezien. Er was niets over van dat autotootje. Een arts heeft de dood bevestigd... En toch is hij er vast van overtuigd dat ze nog leeft.”

"Oh, echt?" reageerde Klaas verrast. "Dat had ik nog niet meegekregen. Waar kwam dat gevoel vandaan dat ze nog zou leven? Had hij een goede reden om dat aan te nemen?"

De arts schudde zijn hoofd.

"Nee, helemaal niet. Dat maakt het hele proces ook zo lastig. Ik heb geprobeerd om hem door te sturen naar de praktijkondersteuner GGZ in de hoop dat zij dat waanidee, want zo kijk ik er toch wel naar, uit zijn hoofd zou kunnen krijgen. Maar daar wilde hij niets van weten. En weet u, zijn verhaal klonk ook helemaal niet spiritueel of zo. Want dat kom ik natuurlijk ook wel tegen. Dat mensen vanuit een spirituele beleving aangeven contact te hebben met overledenen. Maar die ontkennen dan weer niet dat hun geliefde is overleden. Die beleving is juist heel anders. Ze geloven dat ze, zelfs over de grens van de dood heen, contact met de overledene hebben. En vaak geeft dat heel veel troost en steun. Terwijl Reinier alleen maar onrustig en soms zelfs agressief werd onder de situatie... Zo had hij het er vaak over dat hij zijn vrouw wilde gaan zoeken. Maar ja, hij had natuurlijk geen idee hoe of waar. Tja..."

"Toch sluit u zelfmoord uit," merkte Klaas op. "Terwijl hij wel erg onder de situatie leed, zo te horen."

"Klopt. Maar de drive om zijn vrouw te vinden was zo sterk! Dat voornemen zou hij niet zomaar opgeven. Nee, dan zou ik het eerder andersom verwachten. Dat het uiteindelijk toch tot hem door zou dringen dat ze toch echt dood is. En dat hij dan alsnog zelfmoord zou plegen omdat hij die gedachte ook weer niet zou kunnen verdragen... snapt u? Maar goed, hopelijk duikt hij snel op. En hopelijk kan hij dan wel de realiteit onder ogen zien."

Klaas knikte begripvol. Toen stak hij zijn boekje weer in zijn zak en stond op.

"Dank u wel voor uw tijd! En maakt u zich over mij maar geen zorgen. Want ik heb eindelijk een droom die ik al heel lang heb, kunnen verwezenlijken. Ik heb een huisje gekocht, ongeveer een half uur rijden vanaf hier. Het ligt middenin het bos en daar kan ik heerlijk tot rust komen. Ik heb begin deze week de sleutel gekregen. Er moet wel veel aan gebeuren, maar dat maakt me niet uit. Ik heb al wat geverfd en ik kan niet wachten om ook met de rest aan de slag te gaan! En dan gaat het vast beter met me. Kan ik de dingen eerder loslaten, wat meer relativeren. Dus als patiënt ziet u mij hier als het goed is niet terug."

"Dat hoor ik graag!" lachte de arts. "Ik wil iedereen graag helpen maar als dat niet nodig is, des te beter uiteraard. Nu, ik wens u veel succes met schilderen en natuurlijk ook met deze zaak. Ik hoop van harte dat u mijnheer Van 't Hof snel vindt. Houdt u mij via de mail op de hoogte van de ontwikkelingen?"

"Ja, dat zal ik doen!" beloofde Klaas. "En mocht Renier zich bij u melden, dan horen wij het uiteraard ook graag."

Hij knikte nog een keer ten afscheid en trok toen de deur achter zich dicht. Peinzend liep hij naar zijn auto. Het gesprek met de arts had hem niet echt verder gebracht. Tegelijkertijd was het wel een interessante ontmoeting geweest. Want stel je voor, gewoon om even out of the box te denken en alle opties open te houden, stel je voor dat Reinier het bij het rechte eind had. Stel dat Anne inderdaad nog leefde...

Hij probeerde op dit idee, hoe onwaarschijnlijk het ook leek, voort te borduren. Wat zou hij doen in zo'n situatie? Daar hoefde hij niet lang over na te denken. Hij zou net zo doen als

Reinier! Als hij er écht van overtuigd was dat zijn vrouw nog leefde, zou ook hij zich niet zomaar bij de situatie neerleggen. Misschien zou hij zijn vrouw zelfs wel gaan zoeken. Zelfs als hij geen idee had hoe hij dat moest aanpakken. Maar hij zou zeker alles op alles zetten om een aanknopingspunt te vinden!

Mmm, deze gedachtegang was nog niet zo verkeerd, besefte Klaas. Want stel, weer om alle opties open te houden, stel dat Reinier naar Anne op zoek was gegaan. Kon dat dan misschien iets met zijn verdwijning te maken hebben? Was hij misschien iets op het spoor gekomen? Of had hij tijdens die zoektocht wellicht zelf een ongeluk gekregen? Dat zou natuurlijk ook nog kunnen.

Klaas stapte in en bedacht dat dit toch ook wel weer het leuke van zijn vak was. Als rechercheur moest hij er altijd alles aan doen om verder te komen. Het gesprek met de huisarts had misschien niets concreets opgeleverd. Maar het had hem wel doen inzien dat hij alle opties open moest houden. Ook als ze niet zo voor de hand lagen. Hij startte de auto en reed, zijn hoofd vol met allerlei spannende theorieën, terug naar het bureau om zijn rapport te schrijven.

Opgewonden snelde Bart de parkeerplaats over, in zijn hand nog de boterham die hij in de haast had gesmeerd om zo snel mogelijk op zijn werk te kunnen zijn. Een klein half uur geleden had de directeur hem geappt dat hij een spraakbericht van Freek had ontvangen en of hij onmiddellijk kon komen. Zonder aarzelen was Bart in zijn auto gesprongen en met grote stappen beende hij nu de hal van de kliniek door naar het kantoor waar de directeur op hem wachtte.

"Bart, hallo, mooi dat je er al bent!" begroette de man hem terwijl hij een bluetooth speakertje voor de dag haalde. "Nu, ben je er klaar voor?"

Bart liet zich op een stoel zakken en knikte opgewonden.

"Kom maar door!" zei hij, ondertussen zijn laatste hap brood naar binnen werkend.

De directeur klikte het berichtje aan op zijn mobiel en daar hoorden ze de vertrouwde stem van hun oud-collega.

"Hé mannen, hoe is het daar? Hier een berichtje vanuit een regenachtig Moskou. Nou, alles is goed verlopen. Ik heb gesolliciteerd bij dat ziekenhuis en ben zonder problemen aangenomen op het laboratorium. Ik heb die Pjotr al ontmoet. Een beetje simpele man, niet echt het brein achter alles maar meer, hoe zal ik het zeggen, de boodschappenjongen. We zijn al een paar keer samen naar de kroeg geweest en omdat ik zijn wodka betaal was ik al snel zijn vriend, dat snap je."

Bart schoot in de lach.

"Ha, ha, Russen en wodka, ja, dan heb je het al snel voor elkaar volgens mij."

Ook de directeur moest lachen.

"Nou, jij slaat een pilsje op z'n tijd anders ook niet af!" grapte hij. "Ik bedoel, wij hebben ook wel eens een avondje in het café doorgebracht."

"Dat is waar," moest Bart toegeven. "Maar heb je mij ooit dronken gezien? Kijk, dat bedoel ik. Ik weet altijd keurig maat te houden, waar of niet."

"Oké, oké, je hebt een punt. Eens kijken of die Pjotr ook zo keurig is, ik heb zo'n donkerbruin vermoeden van niet!"

En ze luisterden verder naar Freek die vertelde dat hij na een poosje Pjotrs vertrouwen had weten te winnen en dat het vrij eenvoudig was gelukt om hem na flink wat wodka, terwijl hij zelf stiekem water dronk, wat loslippiger te maken.

"Nou, op een gegeven moment zaten we weer in de kroeg en toen begon hij uit zichzelf over het Spoetnikvaccin. Dat het zo onterecht was dat de westerse wereld daar niets mee had gedaan vanwege gebrek aan vertrouwen in de Russische medische wetenschap. Toen heb ik 'm een beetje uitgedaagd, zo van -Nou, is die wetenschap wel zo goed dan?- en dat ik in Holland wel in betere laboratoria had gewerkt. Nou, toen werd ie toch kwaad! Je had dat gezicht moeten zien. En toen zei ie: -En als ik je nou eens zou vertellen hè, ja, als ik jou nou eens vertel...- Maar hij zei natuurlijk niets. Dus ik zeg: -Nou, wat wil je vertellen dan- om hem een beetje uit de tent te lokken snap je? En toen zei hij: -Nou, als ik je nou eens vertel... Freek had het talent om iets spannend te brengen want op dit punt liet hij een beladen stilte vallen en Bart kroop zo mogelijk nog dichter op de speaker.

"Kijk, hij was echt stomdronken hè. Dus ik moest goed luisteren om hem te verstaan," vervolgde Freek zijn verhaal. "Maar hij zei dus: -Dat wij iets hebben ontwikkeld dat nog nergens in de wereld bestaat!- Dus ik zeg tegen hem: -Ja, ja, dat zal wel, nou, voor de draad ermee, wat dan?- En toen vertelde hij het, die sukkel met zijn dronken kop. Dat ze een vergif hadden ontwikkeld dat geen enkel spoor in het lichaam achterlaat. Dat ze daardoor niet meer bang hoefden te zijn voor Navalny-achtige toestanden. Dat ze het patent nergens online hadden opgeslagen uit angst voor hackers maar dat hij de papieren naar een kluis moest brengen en dat het daar helemaal mis was gegaan."

Weer liet Freek een stilte vallen en zijn twee toehoorders keken elkaar gespannen aan.

"Maar... als dit echt waar is, hoe bestaat het dan dat die sukkel dat is kwijtgeraakt?" stamelde Bart verward. "Dat kan toch niet, dat je zó iets belangrijks zomaar kwijt raakt?"

En Freek vertelde hoe het was gebeurd. Dat Pjotr met de tas met daarin de papieren de tram had genomen naar het zakencentrum van de stad om daar hun vinding in een kluis te deponeren. Maar dat de tram met een enorme vaart tegen een container was gebotst en dat door die noodstop de tas uit zijn handen was geschoten. Dat hij hem wel had teruggevonden, althans, dat dacht hij... maar dat het een andere tas bleek te zijn. En dat de zijne sindsdien spoorloos was.

Freek liet goed horen hoe kapot Pjotr ervan was. -Zo'n pech joh, zo'n pech. We hadden alles in handen! Het patent met het recept, de beschrijving van alle grondstoffen, alles erop en eraan maar... weg, in één klap weg.- En dat hij uit angst voor de anderen nu ondergedoken zat. Of die anderen er al achter waren waar de tas nu dan wel was, dat wist hij niet.

Verbluft schudde Bart zijn hoofd. Hoe was het mogelijk! Wat een ongelofelijk verhaal.

"Laten we eerst maar eens kijken of we die dronkenlap wel echt kunnen vertrouwen!" sprak de directeur sceptisch. "En misschien wil jij eens polsen bij mevrouw Van 't Hof wat zij hierover weet. In ieder geval doen we nog even niks met haar. Voorlopig zit ze daar goed."

Bart knikte.

"Ja, ga ik doen. Ben nu wel heel benieuwd moet ik zeggen wat haar kant van het verhaal is. En heb je enig idee hoe ver ze beneden zijn?"

De man haalde zijn schouders op.

"Nee, ik ben er vandaag nog niet geweest. Wil ze ook niet té veel op de huid zitten. Maar ik zal straks eens kijken. En dan hoor je nog wel van me."

Na een nacht waarin Anne meer dan ooit dichtbij had geleken en waarin ze wanhopiger was geweest dan in al de nachten daarvoor wist Reinier het zeker: zijn vrouw leefde nog! Wat zijn arts of anderen er ook over dachten, hij wist zeker dat hij niet psychotisch was of hallucineerde. Zijn band met Anne was gewoon zo sterk dat het haar was gelukt om vanaf de plek waar ze zich bevond contact met hem te maken. En hij was vastbesloten uit te zoeken waar die plek was om haar daar weg te halen. De vraag was alleen: hoe? Hoe kwam hij erachter waar hij moest zijn? En waarom werd er zo'n raar spelletje gespeeld? Want het leek erop dat zowel het team van de traumahelikopter, als de arts in het ziekenhuis, als het personeel van het uitvaartcentrum hem iets heel anders had willen doen geloven. Sterker nog: ze hadden hem allemaal voorgelogen. -Waarom?- vroeg hij zich af.

Hij nam een dag de tijd om zijn strategie te bepalen. En hij kwam tot de conclusie dat hij het beste kon beginnen bij het uitvaartcentrum. Op de een of andere manier voelde hij dat hij daar moest zijn. Waarom anders had het kantoortje naast de voordeur zo zijn aandacht getrokken? Nu moest hij nog wel bedenken hoe hij er binnenkwam. De deur was niet altijd open want je kon er alleen op afspraak naartoe. Bovendien wilde hij het liefst 's nachts op onderzoek uitgaan, zodat hij zeker wist dat hij niet gestoord zou worden... hm... hoe deed je dat? Hij kwam er nog niet 1, 2, 3 uit maar hij was onrustig en wilde toch al iets ondernemen. Daarom stapte hij in zijn auto en reed naar de villa.

Daar was het een drukte van belang. Kennelijk stond er een uitvaart op het punt van beginnen want vele genodigden hadden zich verzameld op het plein voor het gebouw. In een opwelling parkeerde hij zijn auto in een straat iets verderop en liep terug naar het centrum. Hij was net op tijd. De gasten gingen naar binnen en onopvallend sloot hij zich bij het gezelschap aan. Binnengekomen liep hij meteen door naar het toilet en met zijn hart bonkend in zijn keel keek hij in de spiegel. Poeh wat spannend! Maar het was gelukt, hij was binnen! Hij bette zijn gezicht met koud water, haalde een paar keer diep adem en maakte zich op voor stap twee.

Hij gluurde om de hoek van de deur. De hal was leeg, iedereen was zo te zien naar de samenkomstzaal gegaan. Haastig stak hij de hal over en voelde aan de deur van het kantoortje. Deze was open! Hij glipte naar binnen, sloot de deur snel weer achter zich en keek om zich heen. Kon hij zich hier tot sluitingstijd verstoppen? Langs de ramen hingen zware, fluwelen gordijnen. Ze kwamen tot op de grond en hij glipte erachter. Ja, dit moest kunnen! Echt comfortabel was het niet, maar met een beetje geluk zou niemand hem hier ontdekken.

Hij nam zijn plek in en wachtte. Vaag hoorde hij muziek en na een poosje geroezemoes en gerinkel van kopjes, voet-stappen die via de hal hun weg naar buiten zochten. Nog wat gepraat en auto's die wegreden. Toen kwam er iemand, hij schrok, het kantoortje binnen. Gespannen hield hij zijn adem in. Het waren twee personen, merkte hij.

"Nou, dat zit er weer op voor vandaag," sprak de ene, een man. "Jemig, wat een groot gezelschap was dat. Dat maken we toch niet vaak meer mee. Maar het liep allemaal lekker door, al zeg ik het zelf."

"Ja, de catering was ook goed op dreef," beaamde de ander en hij herkende de stem van de vrouw die hem rondom de uitvaart van Anne had opgevangen. "En wat was het een mooie dienst hè, vond je ook niet? Dat vind ik altijd zo fijn, dan ga je toch met een voldaan gevoel naar huis."

Hij hoorde nog wat gerommel en gestommel, toen dropen de twee weer af. Pas na een hele poos durfde Reinier uit zijn schuilplaats te komen. Hij sloop naar de deur en zag tot zijn opluchting dat ze deze niet hadden afgesloten. De hal was inmiddels donker. Alle lampen waren uit en het gebouw maakte een verlaten indruk. Hij ging het kantoor weer in, haalde de sleutel aan de buitenkant uit het slot en draaide de deur van binnenuit dicht. Een zucht van verlichting ontsnapte hem. Hè, zo voelde hij zich een stuk veiliger!

Hij schoof de zware gordijnen dicht en oriënteerde zich in de schemering. Op het bureau zag hij de computer staan. Hij liep ernaar toe en drukte op het aan-knopje. Fel scheen het licht van de monitor de donkere ruimte in. Het apparaat was een oud beestje en het duurde voor zijn gevoel eeuwen voordat het was opgestart.

-Wachtwoord- stond er en hij slaakte een diepe zucht. Natuurlijk! Hoe dom kon je zijn om te denken dat er géén wachtwoord op zou zitten! Ongeduldig trok hij de bureaustoel naar zich toe en ging zitten. Zijn vingers vlogen over het toetsenbord. Zo moeilijk kon het niet zijn. Hij probeerde de naam van het centrum eerst zonder en toen met huisnummer erachter. Toen de naam van het park waarin het gebouw stond met en zonder het bouwjaar van deze prachtige villa. Zonder resultaat. Gefrustreerd streek hij door zijn haar. Toen bedacht hij dat iedereen zijn wachtwoord wel ergens bewaarde. Hij draaide het toetsenbord om of er misschien een stickertje opzat, maar dat was niet het geval. In de la van het bureau dan misschien?

Voorzichtig trok hij een van de lades open en tot zijn verbazing zag hij een groot aantal archiefkaartjes, keurig achter elkaar gerangschikt. Zijn hart sloeg een slag over. Hoe was het mogelijk! Een schaduwboekhouding! Dat was toch niet meer van deze tijd. Maar hier waren ze kennelijk nog van de oude stempel. Had hij dan toch nog geluk vandaag?

Zo snel hij kon sloot hij de computer weer af en met trillende handen knipte hij het lampje van zijn mobiel aan. Opgewonden bladerde hij de kaartenbak door. Even kijken hoor, welke logica zat hier in. De kaartjes stonden niet op alfabet in ieder geval, de namen die langskwamen stonden voor zijn gevoel kris kras door elkaar. Oh wacht, het was op datum gesorteerd ontdekte hij. En ieder kaartje had zo te zien een vaste indeling. Bovenaan stond de datum van overlijden met daaronder de naam, adresgegevens en geboortedatum van de overledene met daaronder weer de doodsoorzaak. Als laatste stond vermeld wanneer en naar welke begraafplaats de overledene moest worden vervoerd.

Ook was er sprake van een bepaalde codering. Zo hadden sommige kaartjes een klein rood stickertje in de rechter-bovenhoek. Hij klemde zijn mobiel onder zijn kin zodat hij met twee handen de bak kon doorzoeken. Anne was op negen september overleden, dat moest hij gemakkelijk terug kunnen vinden. Koortsachtig doorzocht hij de kaartjes om er al snel achter te komen dat hij een andere la moest hebben. Gehaast trok hij de volgende open. Deze had zo te zien hetzelfde systeem en al snel had hij door dat het rode stickertje betekende dat er sprake was van een ongeluk. Dan zou Anne's kaartje dus ook een rood stickertje moeten hebben.

Hij trok de la verder naar zich toe maar door zijn onrust lette hij niet goed op en met een harde knal belandde de bak op de grond. Het geluid echode met een enorme galm door de hoge ruimte en Reiniers hart klopte in zijn keel van schrik. Stel dat hij toch niet alleen was in dit gebouw, dan kon het niet anders of iemand moest dit gehoord hebben! In paniek glipte hij terug achter het zware gordijn en deed met trillende vingers zijn lampje uit. Hij spitste zijn oren en ja, het duurde niet lang of er klonken voetstappen op de gang, eerst nog in de verte maar al snel dichterbij. Het zweet brak hem uit. Nu kwam het geluid zijn kant op en de deurknop werd naar beneden gedrukt. Een zachte duw vanaf de buitenkant. Wanhopig deed Reinier een schietgebedje. Nog een korte rammel aan de knop. Toen stierven de voetstappen weer weg.

Een zucht van opluchting ontsnapte Reinier en hij prees zichzelf gelukkig dat hij de deur op slot had gedraaid. Hij wachtte voor de zekerheid nog even, kroop toen achter het gordijn vandaan en deed zijn lichtje weer aan. Nu pas zag hij dat alle kaartjes uit de la waren gevallen. Balend besefte hij dat het hem minstens een uur zou kosten om alles weer op te ruimen. Hij ging op de grond zitten en sorteerde de kaartjes zo snel hij kon.

Toen, ineens, viel het hem op dat er op een van de kaartjes een aantekening op de achterkant stond, met een datum erbij.

Het had te maken met het vervoer van de kist zo te zien. Nieuwsgierig draaide hij het kaartje om en checkte de voorkant. Hm, daar stond toch al op welke dag de overledene naar de begraafplaats moest worden gebracht? Waarvoor was die aantekening dan nodig? Hij zocht nu gericht en vond meer van dit soort kaartjes. Het viel hem op dat in alle gevallen de datum op de achterkant vóór de datum op de voorkant lag en dat ze allen een rood stickertje hadden. Hij fronste zijn wenkbrauwen en vroeg zich af waarom je een kist twee keer zou willen vervoeren... Dat lag toch niet voor de hand?

Hij besloot deze vraag maar even te parkeren en zich weer te concentreren op het terugplaatsen van de kaarten in de la. Gelukkig schoot hij al aardig op want het maakte hem onrustig dat hij hier al zo lang mee bezig was. En ineens ontdekte hij Anne's kaartje. Tranen schoten in zijn ogen toen hij haar naam in koele letters zag staan. Ach, wat een rare wereld was het toch... Voor de begrafenisondernemer was zijn vrouw niet meer dan een kaartje in een bak, terwijl hij juist alles op alles wilde zetten om het mysterie rondom haar nachtelijke verschijningen te ontrafelen. Verdwaasd staarde hij naar het kaartje. Het had inderdaad een rood stickertje en hé: een aantekening op de achterzijde. Ook voor Anne was dus extra vervoer geregeld... Wat betekende dat toch?

Gehaast opende hij de camera op zijn mobiel en fotografeerde het kaartje aan zowel voor- als achterkant. Toen plaatste hij het met weerzin terug op zijn plek. Was dit nu wat er aan het eind van je leven overbleef? Een kaart in een bak, anoniem tussen honderden andere kaarten? In een impuls haalde hij het kaartje weer tevoorschijn en stopte het in zijn binnenzak. Nee, zo zou zijn Anne niet eindigen!

Met het kaartje dicht bij zijn hart sloot hij de la en trok de laatste open. Deze kaartjes waren meer recent en ook hier zag hij de nodige stickers. Hij checkte de kaartjes aan de achterzijde en zag dat er in één geval ook weer extra vervoer was geregeld en wel voor de datum van morgen! Zijn hart bonsde ineens heftig want een opwindende gedachte drong zich op. Stel dat hij morgen weer hier naartoe zou komen... dan kon hij misschien wel achterhalen wat dat geheimzinnige transport inhield! En wie weet zou dat leiden naar de plek waar Anne was! Het gevoel dat ze nog leefde brandde weer intens door zijn lichaam en tranen schoten in zijn ogen.

"Ik kom hoor schat!" fluisterde hij zachtjes. "Ik weet dat je niet dood bent, wat die huisarts ook beweert en ik zal je weten te vinden!"

Zorgvuldig sloot hij alle lades en hij keek nog één keer rond of er geen sporen van zijn bezoek waren achtergebleven. Toen opende hij de deur, stak de sleutel weer aan de buitenzijde in het slot en verdween. Hij wist weliswaar nog lang niet alles, maar hij was voor zijn gevoel wel een stap verder gekomen.

Na het bezoek aan de huisarts zat Klaas' hoofd zelfs na het weekend nog vol met alle opties die hij had verkend en hij popelde om zijn gedachtenspinsels met Frits te delen. Hij mikte zijn jas op zijn bureau, haalde zijn espresso en liep meteen door naar Frits' kamer.

"Hey, collega," zei hij joviaal en hij plofte neer op een stoel. "En, heb je mijn mail gezien? Ik heb het dossier van Reinier van 't Hof ge-update. Heb je het al gelezen?"

Geamuseerd keek Frits zijn collega aan.

"Tjonge, ben je uit bed gevallen of zo?" lachte hij. "En je hebt je koffie nog niet eens op... Nou, dat wordt nog wat vandaag!"

"Ha, ha, wat zijn we weer leuk!" reageerde Klaas een tikkeltje geïrriteerd. "En nee, ik ben niet uit bed gevallen. Maar ik ben inderdaad vroeg omdat ik serieus benieuwd ben hoe jij denkt over dat idee van Reinier dat Anne nog zou leven! Is dat geen intrigerende gedachte? Want stel dat hij gelijk heeft... dan opent dat veel nieuwe deuren, ja toch? Of heb je het nog niet gelezen? Zeg eens wat!"

Frits schudde meewarig zijn hoofd.

"Ja, ik heb het gelezen en ja, het is een intrigerende gedachte. Maar verder kan ik er niet zo veel mee. Ik zie het niet echt als een aanknopingspunt, als een spoor wat we zouden moeten volgen. Ik zou ook niet weten hoe, moet ik zeggen."

"Dat meen je toch niet!" zei Klaas en hij boog iets naar voren om zijn woorden kracht bij te zetten. "Luister! Hoe vaak hebben wij niet tegen elkaar gezegd 'goh, dat we dat over het hoofd hebben gezien' omdat een zaak nét even anders in elkaar stak dan wij dachten. Nou, daarom wil ik nu eens proberen om alle opties open te houden."

"Ok, dat snap ik," knikte Frits. "Maar dit gaat wel heel ver. Ik bedoel, als je echt in Reiniers idee wilt meegaan dan heeft iedereen dus zitten liegen. Het personeel van de trauma-helikopter, de artsen in het ziekenhuis, de mensen van het uitvaartcentrum. Nee, sorry Klaas, maar ik zie er niks in. Misschien zit ik fout hoor, dat kan. Als dat zo is ben ik de eerste om dat toe te geven en trakteer ik je op een borrel bij Bady. Maar zoals ik er nu naar kijk, nee, sorry."

Even leek Klaas uit het lood geslagen want alles wat Frits zei, sneed hout. Die huisarts had het natuurlijk niet voor niets een waanidee genoemd. Maar toch wilde hij het nog niet loslaten. Sterker nog: het maakte hem alleen maar meer strijd-lustig! Hij stond op en zei met een lichte teleurstelling in zijn stem:

"Ik snap dat je er zo over denkt. Het is een belachelijk idee. Maar toch wil ik het verder onderzoeken, al was het alleen maar uit respect voor Reinier. Maar dat kan ook zonder jou, geen probleem. Ik laat je dan wel weten hoe het is afgelopen."

Hij draaide zich om en liep weg, zijn collega verbluft achterlatend. Die reactie had Frits niet verwacht.

"Ho, wacht even Klaas!" riep hij zijn vriend achterna en hij kwam overeind. "Ho, wacht even! Wat ga je nu doen dan?"

"Wat ik ga doen?" antwoordde Klaas vlak. "Ik ga naar dat team van de traumahelikopter. Volgens mij heeft niemand ze nog gesproken dus het wordt tijd om te horen wat zij te vertellen hebben."

Hij liep naar zijn kamer om zijn jas te halen. Even keek Frits hem besluiteloos na. Toen pakte ook hij zijn jas en snelde zijn collega achterna. Vijf minuten later waren ze samen op weg. Klaas kon het niet laten zijn vriend geamuseerd aan te kijken.

"Wat nou..." reageerde Frits een beetje verongelijkt. "Ik vind het alleen maar vervelend voor jou als je alleen zou moeten gaan. Verder niks, snap je?"

"Tuurlijk!" lachte Klaas en verder lieten ze er het zwijgen toe tot ze bij het ziekenhuis waren.

Het traumateam werkte vanuit de bovenste verdieping van het ziekenhuis. In tegenstelling tot wat de term 'traumateam' deed vermoeden, ging er een uitgebreide organisatie schuil achter deze naam. Zo waren er twee teams van drie man 24 uur per dag beschikbaar. Dit betekende dat er al zo'n twintig man aan personeel nodig was, puur voor de bemanning van de helikopters. Artsen, gespecialiseerde verpleegkundigen en natuurlijk de piloten. En dan kwam daar de controlekamer die alle meldingen verwerkte nog bij.

Op het dak waren twee helikopterplaatsen gerealiseerd en een lift zorgde voor een snelle verbinding met alle verpleeg-afdelingen en natuurlijk de intensive care. Er werd gebruik gemaakt van een geavanceerd communicatienetwerk dat rechtstreeks in verbinding stond met zowel politie, ambulance als brandweer en waarmee ook contact kon worden onderhouden met ziekenhuizen in de regio.

Ook al kwamen ze onaangekondigd binnenvallen, Wim, die deze dag telefoondienst had, nam er alle tijd voor om hen alles te laten zien. Frits was verrukt bij het zien van al die moderne techniek. Hij liet zich uitgebreid informeren over hoe alles werkte, welke verbeterpunten het team nog zag voor de toekomst en hoe ook de politie daarvan kon profiteren. En hij hoorde dingen waar hij zelf nog nooit bij stil had gestaan. Zo vertelde Wim dat het team ook assistentie verleende bij het vervoer van organen die door donoren beschikbaar waren gesteld en die bestemd waren voor andere ziekenhuizen. Dat ging per helikopter immers veel sneller dan over de weg.

Na deze uitleg checkten ze de agenda om te zien wie er op de dag van Anne's ongeluk dienst had gehad.

"U heeft geluk," wees Wim. "Hans was de trauma-arts die dag en toevallig is hij er vandaag. Ik roep hem wel even op."

Hij nam plaats achter zijn computer en zette een koptelefoon met een microfoontje op. En korte tijd later stond zijn collega al naast hem.

"Nou, jullie communicatie werkt inderdaad uitstekend!" lachte Frits terwijl hij Hans de hand schudde. "Maar heb je wel tijd voor ons?"

"Zo lang ik niet word opgeroepen," knikte Hans vriendelijk en hij ging voor naar een soort van kantoortje.

Daar nam Klaas hem mee terug naar de dag van Anne's ongeluk. Hij had wat foto's meegenomen en toen Hans het rode autootje zag, zei hij zacht:

"Ach ja, dit herinner ik me nog heel goed. Een jonge vrouw. B-weg net buiten Strienen. Met veel moeite is het ons gelukt om haar te stabiliseren en op tijd hier af te leveren. Gelukkig kon ze meteen terecht op de spoedeisende zorg. Hoe is het nu met haar?"

Gespannen keek Klaas hem aan.

"Je bedoelt dat ze nog in leven was toen je haar overdroeg?" vroeg hij. "En dat weet je zeker?"

Hans knikte stellig.

"Ja, heel zeker. We waren juist erg blij dat ze ons niet was ontglipt. Dus dat vergeet je niet zomaar. Zeker als het, zoals in dit geval, een wat jonger iemand betreft."

Triomfantelijk stootte Klaas Frits aan.

"Zie je nou wel!" sprak hij opgewonden. "Ik wist het! Ik wist dat er iets niet klopte!"

Vragend keek Hans hem aan.

"Ik weet niet wat u bedoelt..." zei hij aarzelend.

"Nou, het ziekenhuis beweert dat mevrouw in de helikopter is overleden," legde Klaas uit. "Zo hebben ze het ook naar de familie toe gecommuniceerd. Wij proberen nu te begrijpen hoe het kan dat er twee waarheden, of misschien moet ik zeggen: twee leugens, naast elkaar bestaan."

Die opmerking schoot Hans in het verkeerde keelgat. Met een ruk stond hij op en hij zei bits:

"Als u bedoelt te zeggen dat ik lieg dan kunt u nu vertrekken! U heeft gezien hoe onze organisatie werkt. Wij doen er alles aan om iedereen die onze hulp inroept zo goed mogelijk te helpen. En als ze aan boord was overleden, had ik dat zeker gezegd. Begrijp me goed: ook dat gebeurt natuurlijk regelmatig. Wij kunnen geen ijzer met handen breken. Maar liegen: nee, daar zult u me nooit op kunnen betrappen!"

Een beetje uit het veld geslagen keken Frits en Klaas elkaar aan. Toen reageerde Klaas schoorvoetend:

"Neem me niet kwalijk, Hans. Maar we zijn nu al een poosje met deze zaak bezig en het wordt eerder onduidelijker dan dat we verder komen. En net als jij doen wij ook alleen maar ons werk. Maar ik geloof je. En we gaan dus een verdieping lager. Eens kijken wat ze daar te vertellen hebben!"

Hij stond nu ook op en stak zijn hand naar de man uit.

"Hopelijk wil je me nog wel de hand schudden."

Hans lachte alweer.

"Natuurlijk wel!" zei hij oprecht. "Ondanks alles wat wij soms meemaken, zou ik niet graag in uw schoenen staan. En het doet me verdriet te horen dat de vrouw in kwestie alsnog is overleden."

"Nou, dat is dus nog even de vraag…" sprak Klaas grimmig. "Daarom geven wij het nog niet op! Want zoals je zult begrijpen is er ons veel aan gelegen de waarheid te achterhalen!"

"Wellicht kan haar bagage u daarbij verder helpen," merkte Hans op. "Die hebben we ook beneden afgegeven. Een handtasje en een soort van aktetas. Ik weet niet of jullie die al hebben gekregen?"

"Nee, nog niet!" antwoordde Frits verbluft. "Nou, het moet niet gekker worden hier. Maar goed, nogmaals bedankt Hans! En mocht je nog meer te binnen schieten wat belangrijk zou kunnen zijn dan horen we dat graag."

Ze namen afscheid en stapten in de lift naar beneden.

"Naar de directeur?" vroeg Klaas.

"Naar de directeur!" knikte Frits. "We zullen die man, hoe heet hij ook al weer, Demmers, eens even het vuur na aan de schenen leggen!"

Met duidelijke tegenzin ontving Demmers de twee rechercheurs op zijn kamer.

"Ik hoop dat u een goede reden heeft om mij zonder

afspraak te storen," zei hij een beetje geprikkeld. "Ik heb meer te doen, zoals u zult begrijpen."

"Natuurlijk begrijpen we dat," antwoordde Frits. "En we zullen het kort houden. We hebben eigenlijk maar één vraag: is Anne van 't Hof hier in het ziekenhuis overleden? Tegen haar man is gezegd dat ze in de traumahelikopter is gestorven maar dat blijkt niet te kloppen. Dus nu zijn we benieuwd hoe het dan wel is gegaan."

Wrevelig haalde Demmers zijn schouders op.

"Kijk," reageerde hij toen zakelijk. "Ik begrijp dat u wilt weten hoe het precies is gegaan. Dat is natuurlijk ook uw werk. Feit is dat ze gestorven is en of dat nu in de helikopter was of in de lift of op de spoedeisende zorg, dat maakt toch niet zo veel uit. Uiteraard streven wij ernaar om alles zorgvuldig te registreren zodat we familieleden goed kunnen informeren. Maar u zult ook begrijpen dat wanneer wij het traumateam uitsturen er stressvolle situaties ontstaan, zeker wanneer het team terugkeert met iemand die onmiddellijk alle hulp nodig heeft."

Hij boog iets naar voren vervolgde vol overtuiging:

"Wij zijn hier om levens te redden, dat staat altijd voorop. Daarna leggen we zo goed mogelijk vast wat er is gebeurd. Dat moet ook want we worden streng gecontroleerd door het Ministerie van Volksgezondheid. Jaarlijks, én tussendoor ook nog steekproefsgewijs, bekijkt de inspectie onze administratie. En dan zijn er nog de NZA, de Nederlandse Zorgautoriteit, en de Nederlandse Bank die meekijken. Zo moet ieder ziekenhuis een verplichte financiële buffer hebben voor als zich calamiteiten voordoen. Maar goed ook, anders hadden we die corona-uitbraak nooit het hoofd kunnen bieden! Bovendien

staan al onze artsen geregistreerd in het BIG, het kwaliteits-
register van de overheid. Ik durf dan ook te zeggen dat ik voor
ieder van hen mijn hand in het vuur zou steken. Kortom: hier
wordt kwaliteit geleverd! U denkt toch niet dat ik het risico wil
lopen dat dit ziekenhuis onder verscherpt toezicht zou komen
te staan door een potje te maken van mijn administratie! En al
helemaal niet als ik daarmee het voortbestaan van het
ziekenhuis in zijn geheel in gevaar zou brengen!"

"Dat begrijpen we allemaal," bromde Klaas. "En het is ook
helemaal niet onze bedoeling om uw ziekenhuis in een kwaad
daglicht te stellen. Wat we willen weten is simpelweg waarom
er tegen mijnheer Van 't Hof is gezegd dat zijn vrouw in de
helikopter is overleden, terwijl het team zelf zegt dat dit niet zo
is. Dat roept natuurlijk vragen op. Zo zou je je zelfs af kunnen
vragen of ze überhaupt wel is overleden als iedereen maar naar
elkaar blijft wijzen. Heeft u haar bijvoorbeeld persoonlijk nog
gezien? Kunt u uit eigen observatie haar dood bevestigen? En
oh ja, er is hier ook nog bagage van mevrouw afgegeven, die
wij nog niet hebben gezien. Weet u daar misschien iets van?"

Ongeduldig trommelde Demmers met zijn vingers op zijn
bureau.

"Nee, natuurlijk niet!" zei hij kortaf. "Dat is immers mijn
taak helemaal niet. Ik ben bestuurder en geloof me: ik heb er
mijn handen meer dan vol aan om deze complexe organisatie
draaiende te houden. En zoals ik al zei: ik vertrouw volledig op
de bekwaamheid van de artsen die wij hier in dienst hebben.
Maar om u hopelijk toch tevreden te stellen, ik heb het hier al
gevonden in de computer. Even kijken hoor wat er precies
staat. Mevrouw Van 't Hof: ze kreeg een hartstilstand in de
helikopter. Het team was nog bezig met reanimeren toen ze

hier aankwam. De mensen van de spoedeisende zorg hebben dat toen overgenomen. Uiteindelijk is de reanimatie niet gelukt. Dus strikt genomen zou je kunnen zeggen dat ze in de helikopter is overleden. Daarom is het denk ik zo geregistreerd en volgens mij is daar niets mis mee. En die bagage, even kijken... ja, dat staat hier ook. Twee tassen zijn meegegeven aan de medewerker van het uitvaartcentrum met de vraag dit terug te geven aan de familie. Nou heren, tevreden zo?"

Weifelend keken Frits en Klaas elkaar aan. Ze moesten toegeven dat dit allemaal heel geloofwaardig klonk. En maakte het nu echt zoveel uit waar Anne precies was overleden? Eigenlijk was hun vraag geweest óf ze was overleden. En die vraag was meer dan bevredigend beantwoord.

"Kom," zei Frits terwijl hij opstond en de directeur een hand gaf. "Wij gaan weer eens verder. We hebben vandaag veel van u geleerd en inderdaad, zo'n klein communicatiefoutje, daar moeten we ons maar niet druk om maken. Succes nog met uw werk en bedankt dat u ons te woord wilde staan."

Hij wenkte met zijn hoofd naar Klaas dat hij mee moest komen en met tegenzin kwam ook die overeind.

"Bedankt," knikte hij kortaf en hij volgde Frits de kamer uit, de gang op.

Daar keken ze elkaar nogmaals aan.

"Weet je..." zei Klaas nadenkend. "Mijn verstand zegt dat die man de waarheid spreekt. Hij weet duidelijk waar hij het over heeft en hij is ongetwijfeld een goed bestuurder. Maar mijn gevoel zegt iets heel anders. Ik geloof hem gewoon niet! En dat had ik bij Hans nou helemaal niet. Ik weet niet, hij deed wel heel erg zijn best om ons te overtuigen, vind je ook niet?"

"Nee, dat gevoel heb ik helemaal niet!" reageerde Frits

geërgerd. "Ik vond het allemaal heel geloofwaardig en ik zie geen enkele reden om te twijfelen aan zijn verhaal. En dat zou jij ook niet moeten doen. Ik bedoel: het was sowieso een belachelijk scenario, dat verhaal van jou. Dus jij gaat dat idee dat Anne nog zou leven nu echt loslaten, begrepen! Net als die man kunnen ook wij onze tijd wel beter besteden!"

"Oké, oké," verzuchtte Klaas berustend. "Voorlopig zet ik deze optie dan wel in de ijskast, als jij dat zo graag wilt. Maar die bagage, daar wil ik nog wel achteraan. Heb jij die twee tassen ergens bij hen thuis gezien?"

"Niet dat ik zo weet," haalde Frits zijn schouders op. "Maar ik stuur wel iemand langs om nog even te kijken. En dan gaan we nu terug. Wedden dat ik dertig nieuwe mailtjes heb?"

"Nou, wat we ook kunnen doen, is even doorrijden naar mijn huisje," stelde Klaas echter schoorvoetend voor. "Ik bedoel, het is nog vroeg genoeg... Of gun je je daar geen tijd voor?"

"Naar je huisje? Nu?"

Frits keek op zijn horloge en zag dat het inderdaad nog vroeg was.

"Nou vooruit, waarom ook niet," zei hij goedmoedig. "Dat werk komt straks wel weer."

Ze reden de stad uit. Klaas had Frits aanwijzingen gegeven hoe hij moest rijden en na een klein half uurtje waren ze bij het paadje aangekomen waar ze moesten afslaan.

"Nu even opletten hoor, anders rijd je er voorbij," waarschuwde Klaas en ja, daar lag het smalle weggetje.

Frits draaide erin en parkeerde behendig in de berm.

"We moeten ons nog wel even door die struiken heen wurmen, maar dan heb je ook wat," lachte Klaas.

"Jeetje, je mag hier wel een kapmes meenemen!" schaterde Frits en geringschattend bekeek hij de groene ravage waarachter zich dus kennelijk Klaas' huisje bevond. "Man, man, wat een oerwoud. Dat wil je toch niet?"

"Nou, het houdt in ieder geval wel ongewenste bezoekers tegen!" antwoordde Klaas laconiek.

Ze baanden zich een weg door het dichte struikgewas. Het was een waar avontuur waarbij Frits regelmatig terugzwiepende takken moest tegenhouden om zonder kleerscheuren bij het huisje aan te komen.

"Man, man, wat een gedoe!"

Hoofdschuddend keek Frits zijn collega aan.

"Dit kan echt niet, Klaas. Of wil je kluizenaar worden of zo. Dan moet je het zo laten natuurlijk."

"Ah, dat komt wel goed joh," reageerde Klaas luchtig. "First things first. Ik ben begonnen met het huisje zelf. En kijk eens!"

Zichtbaar trots maakte hij een showgebaar met zijn handen. Frits liet zijn blik over het pandje gaan en hij moest toegeven dat het hem aangenaam verraste. Klaas had in die paar dagen duidelijk al veel werk verzet. De muren waren schoongespoten en de luiken zaten goed in de verf. De ramen waren gelapt en zo te zien was er een nieuwe voordeur geplaatst.

"Ja, en dan heb je de rest nog niet gezien!" glom Klaas.

Hij haalde een sleutel voor de dag en ging zijn collega voor naar binnen. Daar was het rommelig, want juist zoals Klaas het graag wilde had hij zijn schilderspullen lekker laten liggen. Maar voor de rest zag het er best netjes uit.

"Nou, dat valt me niks tegen collega!" moest Frits toegeven. "Compliment! Niet mijn ding, zo in the middle of nowhere.

Maar voor jou: prima! Nu alleen die ravage buiten nog. Is het aan de achterkant ook zo erg? Of heb je nog iets van een tuin."

"Nou, kom maar kijken," lachte Klaas en ze gingen door de keukendeur aan de achterkant weer naar buiten.

Daar had Klaas al een stukje vrijgemaakt van al het groen zodat er twee tuinstoeltjes en een tafeltje konden staan.

"Hier drink ik lekker een kop koffie in het ochtendzonnetje. En binnenkort ga ik er verder mee. Een wandelaar vertelde me dat er iets verderop een kleine poel ligt. Die is nu nog overwoekerd maar ik wil proberen hem bloot te leggen. Misschien komen er wel meerkoetjes of eenden op af. Dat zou leuk zijn!"

"Dat klinkt goed inderdaad!" knikte Frits. "Hé, ik ben wel benieuwd naar die poel. Zullen we even kijken of we er iets van kunnen zien?"

Verrast keek Klaas hem aan. Hij had niet verwacht dat zijn collega zoveel oprechte belangstelling zou tonen.

"Nou, leuk!" reageerde hij verheugd.

Opnieuw waagden de twee zich in het oerwoud van struiken, bramen, afgevallen bladeren en andere rommel. Al snel zagen ze de glinstering van water.

"Oh, dat is dichterbij dan ik dacht!" zei Klaas opgetogen.

Hij baande zich voor Frits uit een weg naar de poel. En stuitte daar op een onaangename verrassing. Zijn mond viel open en hij kon niet geloven wat hij zag. Hoe was het mogelijk! Hoe was het mogelijk!!

"Frits!" riep hij, verbijsterd door de aanblik. "Frits! Kom gauw! Je zult niet geloven wat ik hier nu vind!"

Bart was een verstokte vrijgezel. Zoals bij zoveel mensen in de zorg was zijn werk alles voor hem. Meteen na de middelbare school had hij de hbo-v gedaan. Na zijn diploma te hebben gehaald, had hij doorgeleerd voor IC-verpleegkundige. Soms vroeg hij zich af waarom. Op de IC werden natuurlijk de meest zware gevallen opgenomen. Hij had in zijn leven al heel wat sterfgevallen meegemaakt. Mensen zoals Anne die een zwaar ongeluk hadden gehad en die het ondanks alle verwoede pogingen van de artsen toch niet redden. En coronapatiënten, die soms binnen een paar uur zo achteruit gingen dat al snel de dood intrad. Of mensen die al jaren wachtten op een donorhart of nier maar toch overleden omdat er gewoonweg te weinig donoren waren. En wat ook regelmatig voorkwam: mensen die stierven doordat bepaalde medicijnen niet op tijd beschikbaar waren omdat de procedures in de farmaceutische industrie veel te lang duurden.

Misschien had dat laatste hem nog wel het meest gefrustreerd. Weten dat er in andere landen al een remedie voor handen was, maar dat het hier nog niet mocht worden gebruikt omdat er strengere eisen werden gesteld. Of, nog erger, dat een medicijn zo duur was dat het gewoon niet via de zorgverzekering vergoed kon worden waardoor het onbereikbaar werd voor die mensen die het echt nodig hadden. Hij beschouwde de meeste farmaceuten dan ook als schurken die alleen maar geld wilden verdienen over de rug van patiënten. Natuurlijk begreep hij wel dat het ontwikkelen van een nieuw medicijn veel geld kostte en dat de kosten voor de baten uitgingen. Maar toch...

Al deze overwegingen waren misschien wel de belangrijkste reden geweest om in deze kliniek te gaan werken. Toen hij solliciteerde, had het beleid hem aangesproken. De directeur had precies voor ogen hoe hij het ook graag wilde. Als eerste die wachtlijsten van patiënten die op een donor wachtten. Een onaanvaardbare situatie die volgens de directeur gemakkelijk opgelost kon worden. Niet door op de politiek te wachten, dat was wel duidelijk. Maar door een actief donorbeleid te voeren zonder al die ethische overwegingen die de boel alleen maar vertraagden. En vooral ook door out of the box te denken. Door medicatie die hier nog niet was goedgekeurd uit het buitenland te halen of, ook een optie, zelf te ontwikkelen zodat iemand snel behandeld kon worden.

Dit waren natuurlijk vrij onconventionele methodes. Om de inspectie buiten de deur te houden, werd het bestaan van de kliniek dan ook zorgvuldig geheim gehouden. Toen Bart was aangenomen had hij, net als iedereen die hier werkte, een geheimhoudingsverklaring moeten tekenen en ook werd de patiënten niet verteld waar de kliniek zich bevond. Zo stelden ze hun werkwijze veilig. En het kon Bart niet veel schelen dat hij hierdoor nauwelijks een privéleven had.

Tot nu. En dat kwam allemaal door Anne. Stiekem noemde hij mevrouw Van 't Hof al een poosje zo. Zij maakte dat ineens alles anders was geworden. Hij mocht haar erg graag. Ze was intelligent, knap en vechtlustig. Ze had pit en daar hield hij wel van. Waarschijnlijk was dat ook de reden dat ze nog leefde. De meesten zouden zo'n ernstig ongeluk niet hebben overleefd. Maar zij was er nog en dat had zeker met haar doorzettingsvermogen te maken. Hij vond het dan ook altijd fijn om een praatje met haar te maken. Niet eerder had hij een dergelijke klik met een vrouw gehad. Niet goed natuurlijk. Het was niet de bedoeling dat je als zorgverlener verliefd werd op een patiënt. Maar hij was ook maar een mens. En voor het eerst vroeg hij zich af of ze wel goed bezig waren. Was het wel goed om iemand zomaar medicatie te verstrekken waarvoor nog geen toestemming was verleend en je dus niet wist welk effect het zou hebben? Hij had dat in het verleden nooit een probleem gevonden, zag het als een leerschool. Maar nu moest hij er niet aan denken dat er op die manier met Anne geëxperimenteerd zou worden.

En nu moest hij haar dus op een vriendelijke manier aan de tand voelen zonder haar tegen zich in het harnas te jagen. Door de lange periode die ze nu al hier was, waren ze dichter naar elkaar toegegroeid en dit wilde hij kost wat kost niet verstoren. Hij deed daarom wat hij tot nu toe niet had gedurfd: hij ging op het randje van haar bed zitten en vroeg bedeesd:

"Anne... mag ik Anne zeggen?"

Anne knikte een beetje verbouwereerd. Ze kende hem nu al zo goed dat ze voelde dat hij in een bijzondere stemming was.

"Anne," vervolgde Bart ernstig. "Ik moet je iets bekennen. Ik ben niet helemaal eerlijk tegen je geweest. Een poosje terug vroeg je me of er ook bagage was gevonden na het ongeluk en ik heb toen 'nee' gezegd. Maar dat klopt niet. Er is wel iets gevonden en dat is meegekomen hiernaar toe."

"Oh, is het mijn handtas?" vroeg Anne verlangend en ze veerde overeind.

Zou ze nu toch wat spulletjes van huis in handen krijgen?

"Nee, niet je handtas," temperde Bart haar enthousiasme. 'Nee, ik doel op die andere tas... een soort van aktetas met documenten erin."

Teleurgesteld zakte Anne in elkaar.

"Oh, die..." zei ze stil. "Ja, die had ik die dag ook bij me inderdaad. Maar die tas is helemaal niet van mij."

"Oh, echt niet?" reageerde Bart quasi verbaasd.

Anne schudde haar hoofd.

"Nee, en ik heb geen flauw idee van wie ie wel is. Ja, van ene Pjotr Petrowski, er zat een briefje in met die naam en enkele gegevens van een ziekenhuis of zo waar hij denk ik werkt. Maar kennen doe ik hem dus niet."

"Dat klinkt als Russisch," merkte Bart nonchalant op.

"Dat is het ook," knikte Anne. "Kijk, ik zat in de tram in Moskou, daar was ik voor mijn werk. Maar die hield er dus ineens mee op. Omdat ik een vliegtuig moest halen, heb ik snel mijn bagage bij elkaar gegrabbeld. En toen heb ik per ongeluk die tas meegenomen. Hij lijkt namelijk wel precies op de mijne. Pas veel later kwam ik erachter dat het zijn tas was."

"En, wat zat erin?" vroeg Bart gemaakt nieuwsgierig. "Het winnende lot uit de Russische loterij misschien?"

Anne schoot in de lach.

"Nee, ha, ha, was dat maar waar! Nee, er zat een soort van beschrijving in, voor zover ik het met mijn steenkolen Russisch kon begrijpen hoor, om een medicijn of zo te maken. Maar verder weet ik het niet. Toen ik dat ongeluk kreeg, was ik juist op weg naar Mischa, een stagiair bij ons die ook Russisch spreekt. Hij zou me helpen met het vertalen maar zover ben ik dus nooit gekomen."

"Oké, je hebt dus geen idee wat er in die papieren staat omdat je de Russische taal onvoldoende beheerst," begreep Bart. "En die... eh... Mischa, die heb je verder niets verteld?"

Indringend keek hij haar aan toen ze antwoordde:

"Nee, die heeft het nog helemaal niet gezien. Ik heb alleen gevraagd of hij me wilde helpen met vertalen, verder niet."

"En dat weet je heel zeker?" drong Bart aan. "Jij weet dus niet wat er precies in het Russisch staat en die Mischa heeft er nog niets van gezien. Klopt dat?"

Verbaasd keek Anne hem aan.

"Ja, dat klopt," herhaalde ze geprikkeld. "Dat zei ik toch net al? Waarom vraag je dit als ik het je net al heb verteld? Geloof je me niet of zo?"

Bart slaakte een zucht van opluchting.

"Natuurlijk geloof ik je," verzekerde hij haar. "Ik wilde alleen maar weten of ik het echt goed had begrepen."

"Nou, je hebt het goed begrepen!" reageerde Anne bits. "En ik begrijp werkelijk niet waarom jij je zo druk maakt over die stomme tas. Van mij mag je 'm in de grijze bak gooien, ik heb er niks mee, ik hoef er niks mee en Mischa heeft er al helemaal niks mee, oké?"

Wantrouwend keek ze hem aan en even kromp Barts hart in elkaar. Zou haar achterdocht hen nu toch uit elkaar drijven? En dat terwijl hij, wanneer hij zijn gevoel zou volgen, het liefst zijn armen om haar heen zou willen slaan om haar te koesteren. Met een ruk stond hij op en verliet haar kamer. Maar hun gesprek hield Anne nog lang bezig en haar wantrouwen over alles hier was alleen maar groter geworden.

Reinier kon bijna niet geloven dat hij de betekenis van de stickertjes op de kaartjes had ontrafeld. Maar hij wist zeker dat hij het bij het rechte eind had. Het stickertje was bepalend of er extra transport vanaf het uitvaartcentrum werd geregeld of niet. Daar hield zijn speurwerk helaas ook al weer op. Want waarom die extra wagen reed, geen idee. Maar daar zou hij vandaag achter komen!

Hij had zijn wekker vroeg gezet en om tien uur in de ochtend zat hij al weer in zijn auto en reed naar het centrum. Hij parkeerde voor een woonhuis aan de overkant van de straat vanwaar hij alles goed kon overzien. En nu maar wachten. Zijn geduld werd danig op de proef gesteld want overdag gebeurde er eigenlijk niets bijzonders. Er waren twee uitvaarten en bij beiden was hij onopvallend aan het eind van de stoet meegereden. Dit had hem niets opgeleverd, behalve dan een bevestiging dat hij zeker weten goed zat. Want wanneer dat extra transport pas zou plaatsvinden als iedereen weg was, moest dat wel betekenen dat er iets te verbergen viel!

Hij nam zijn post tegenover de villa weer in, opgewonden wachtend op wat er zou gaan gebeuren. De uren verstreken en hij moest moeite doen om niet in slaap te sukkelen. Maar de gedachte dat hij straks misschien zou weten waarom Anne zo wanhopig probeerde contact met hem te maken, hield hem op de been. En ja, zo rond twaalf uur meende hij iets te zien. Hij schoot overeind, kneep zijn ogen tot spleetjes en tuurde in het duister. Ja, daar zag hij een man met snelle pas het plein oversteken en achter het gebouw verdwijnen. Reiniers hart sloeg een slag over toen hij even later een lijkwagen langzaam vanachter de villa de weg op zag draaien. Met trillende handen startte hij zijn auto en volgde de wagen. Hij lette erop dat hij voldoende afstand hield, zodat de chauffeur voor hem niet achterdochtig zou worden.

Ze verlieten al snel de stad en reden een poosje tussen de weilanden. Reinier kon ver achterblijven want er waren bijna geen andere weggebruikers op dit tijdstip. Zolang hij de achterlichten van de lijkwagen maar in de verte voor zich zag, was het goed. Hoewel hij deze route vaker had gereden, had hij geen flauw idee waar ze naartoe gingen. Er was een klein dorpje, zo'n drie kwartier verder langs deze weg. Maar daar viel niets te beleven dus hij kon zich niet voorstellen dat dat het reisdoel was.

Opeens schrok hij op. Shit! Hij zag de lichten niet meer! Hè, hoe kon dat nou gebeuren! Hij verwenste zichzelf dat hij niet beter had opgelet. Langzaam reed hij door -dat was ook het enige wat hij kon doen- en ineens, links, zag hij een bospaadje. Met bonzend hart draaide hij erin en reed het weggetje af. Ja, wat verder weg tussen de bomen door zag hij de twee lichtjes weer. Trillend van spanning volgde hij het pad, wat in het donker nog een hele uitdaging was. Zijn enige baken waren de lampen van de wagen voor hem. Een unheimisch gevoel bekroop hem. Dit was bepaald een onaangename plek en het idee dat Anne zich misschien hier ergens bevond deed een rilling van afschuw over zijn rug gaan. Hij hobbelde over keien en door gaten tot hij op een wat groter zandpad uitkwam. Dit pad was kaarsrecht met rechts een hoog hek. Hij doofde zijn lichten, bang dat hij anders ontmaskerd zou worden. En hij zag dat de auto voor hem, ver weg in de verte, remde en stilstond. Hij minderde snelheid en keek gespannen toe wat er gebeurde. Daar reed de auto alweer een klein stukje door om vervolgens rechtsaf te slaan. Ah, bedacht Reinier, kennelijk had iemand het hek opengemaakt en was de auto naar binnen gedraaid.

Hij durfde niet verder te rijden, nog steeds bang voor ontdekking. Hij parkeerde zijn auto daarom in het dichte struikgewas langs de weg zodat hij vrijwel niet te zien was en besloot verder te gaan lopen. Hij koos ervoor bij de bosrand te blijven en niet langs het hek te gaan, dat was te open. Al snel zag hij de poort waardoor je op het terrein achter het hek kon komen. Natuurlijk zat deze al weer dicht en hij zuchtte diep. Het was onmogelijk om over het hek te klimmen, dat zag je zo. En om de poort te openen moest je zo te zien een toegangspasje hebben, want er hing een soort van elektronisch kastje aan. Hij liet zich op de grond zakken en verborg zijn gezicht in zijn handen. Een groot gevoel van machteloosheid overviel hem. Dit was een hopeloze zaak. Hoe zou hij ooit door dat hek komen? En mocht dat toch lukken, wat dacht hij dan eigenlijk te vinden? Waarom zou Anne daar zijn? Sterker nog, waarom zat hij hier überhaupt middenin de nacht? Zijn hele theorie leek ineens belachelijk. Natuurlijk was er niets aan de hand. Natuurlijk lag het gewoon aan hemzelf. Het was gewoon zoals de huisarts had gezegd: Anne was dood en het werd tijd dat hij dat maar eens ging accepteren. Hij rilde want de bodem was koud en vochtig. Best dom ook om hier zo te gaan zitten. Hoe lang zat hij hier eigenlijk al? Hij haalde zijn telefoon voor de dag om de tijd te checken maar de accu was leeg. Met enige moeite kwam hij weer overeind en hij besloot om terug te gaan naar zijn auto. Dit had helemaal geen zin.

Hij draaide zich om en had al een paar stappen gezet toen hij iets hoorde aan de overkant van de weg. Hij zag een auto aankomen aan de andere kant van het hek. Het was de wagen die hij had gevolgd en die nu kennelijk weer terugkwam. Hij stopte vlak voor de poort en de chauffeur stapte uit. In één klap was Reinier weer bij de les want hij begreep dat het hek nú open zou gaan. Als hij toch nog iets wilde, moest het nu gebeuren. De chauffeur waande zich duidelijk alleen en onbespied, want hij liep op zijn dooie akkertje naar het kastje en hield er een pasje voor. Al die tijd stond hij met zijn rug naar Reinier en deze zag zijn kans schoon. Zo zacht mogelijk sloop hij de weg over. Gelukkig waren zijn voetstappen nauwelijks hoorbaar in het zand. Aan de overkant gekomen drukte hij zich plat in het gras dat hier vrij hoog was en hij zag tot zijn opwinding dat de poort langzaam openschoof. De chauffeur liep terug naar zijn auto en stapte in.

Dit was het moment! Zo dicht mogelijk bij de grond blijvend tijgerde Reinier naar het hek en het lukte hem uit het zicht van de man naar binnen te kruipen. Net op tijd want met een licht snerpend geluid van metaal op metaal schoof het al weer dicht. Reinier besefte dat er nu geen weg terug meer was. De auto draaide de weg op in de richting van waar ze vandaan waren gekomen en reed weg, Reinier in het donker achter- latend. Even bleef hij zitten, zijn rug tegen het hek. Toen kwam hij overeind en begon te lopen. Hij had geen flauw idee waar hij was beland en wat hij kon verwachten en zijn hart bonsde van spanning. Hij liep op gras. Het was niet echt een goed onderhouden gazon dus geen aangelegde tuin of zo, daarvoor was het te hobbelig. En er was ook geen weggetje, de lijkwagen was kennelijk ook gewoon over het gras gereden.

Toen zag hij verderop iets wat op een tuinhuisje leek. Hij liep ernaar toe en voelde aan de deur. Deze was open en hij ging naar binnen. Hij durfde geen licht te maken maar hij zag al snel dat hier niets bijzonders te vinden was. Gewoon, de dingen die normaal gesproken in een tuinhuisje liggen. Wat gereedschap, een uitschuifladder, een gieter en tuinslang. Dat was het wel. Hij liep verder en pas minuten later doemde er in de verte een groot gebouw op. Het zag eruit als een landhuis, zo'n drie verdiepingen hoog met een puntdak. Witte muren, dat was fijn want zo kon hij het beter onderscheiden. Toen hij dichterbij kwam, zag hij dat het gebouw er al net zo aan toe was als het grasveld: verwaarloosd. De witte verf bladderde her en der van de muren en de kozijnen en luiken rond de hoge ramen konden wel een likje verf gebruiken. Hij sloop dichterbij en gluurde naar binnen. Hij zag een mooie, grote kamer met als hij het goed had prachtig parket op de vloer. Hij kon zich voorstellen dat in betere tijden de familie hier bijeen kwam om samen thee te drinken, zoals je ook wel zag in die leuke Engelse series op tv. Al met al was het in zijn glorietijd vast heel mooi geweest, al zag je daar nu niet veel van terug.

Reinier zuchtte. Even keek hij besluiteloos om zich heen. Dit pand was duidelijk al heel lang niet meer in gebruik en als hij al had verwacht Anne hier te vinden, zag hij nu wel in dat ze hier niet kon zijn. Toch gaf hij de moed nog niet helemaal op. Want waarom zou je zo'n geavanceerd hek rondom zo'n oud huis zetten? En die lijkwagen was hier natuurlijk ook niet voor niets naartoe gereden. Hij besloot daarom een rondje om het huis te lopen om te zien of er aan de andere kant misschien iets te ontdekken viel. Al iets meer ontspannen, maar nog wel op zijn hoede, sloeg hij een hoek om tot ineens, hij schrok ervan, een grote lamp aanknipte die hem recht in de ogen scheen. Het licht was zo fel dat het hem volledig verblindde.

"Goedenavond mijnheer," hoorde hij een stem.

Hij hief zijn arm op om zijn ogen te beschermen tegen het licht en hij zag een man op zich toekomen die er, voor zover hij dat kon beoordelen, niet onvriendelijk uitzag.

"Goedenavond," antwoordde hij en de hoop toch nog iets te weten te komen, vlamde weer op in zijn lijf.

"Kan ik u misschien ergens mee helpen?" vroeg de man en zijn stem klonk niet afwijzend.

Reinier aarzelde. Hoewel de man er niet bedreigend uitzag, besloot hij om niet meteen zijn kaarten op tafel te leggen.

"Nou, dat hoop ik!" zei hij daarom op amicale toon. "Ik sta voor aan de weg met autopech en mijn telefoon is leeg. Dus ik wilde vragen of ik hier misschien de ANWB kan bellen."

De man keek hem vorsend aan.

"Oké," reageerde hij afwachtend. "Grappig. Ja, niet grappig dat u autopech heeft natuurlijk... Maar grappig dat u hier bent. Want hoe bent u in vredesnaam door het hek gekomen?"

"Nou, dat stond gewoon open," antwoordde Reinier zo nonchalant mogelijk. "Er kwam een auto aan en ik probeerde de aandacht van de chauffeur te trekken, maar die zag mij niet. En toen ben ik hier naartoe gelopen. Zo simpel is het."

"Ah, op die manier," knikte de man begrijpend en hij voegde er nadenkend aan toe: "Dan moeten we toch even naar de instelling van het hek kijken. Zo te zien moet er wat bijgesteld worden zodat het niet te lang open blijft staan.

Anders heeft het geen zin natuurlijk dat we zoveel geld hebben uitgegeven om eventuele vandalen weg te houden. En ik ben bang dat ik u niet kan helpen. Mijn telefoon heeft hier namelijk geen bereik. Ik moet nog steeds een keer overstappen naar een andere provider, maar dat komt er maar niet van. Maar ik kan u er wel weer uitlaten, ik heb een pasje van het hek. Ik loop wel even met u mee."

"Oh ja, prima..." mompelde Reinier en even moest hij vechten tegen zijn tranen.

Wat een teleurstelling was dit! Hij had zo gehoopt dat dit spoor iets zou opleveren maar daar leek het dus niet op. De man zag zijn emotie. Meelevend legde hij zijn hand op Reiniers schouder.

"Gaat het, mijnheer? Ja, altijd vervelend natuurlijk als je auto ermee ophoudt en zeker als het middenin de nacht is. Maar iets verderop in het dorp is er vast wel iemand die u verder kan helpen."

Reinier knikte verslagen.

"Ja, dat weet ik en natuurlijk komt dat wel goed. Maar weet u, ik had zo gehoopt mijn vrouw hier te vinden."

"Uw vrouw..." herhaalde de man. "Oké, ik weet natuurlijk helemaal niet waar dit over gaat, maar dit huis staat al jaren leeg. Ik houd samen met een paar bewakers een oogje in het zeil omdat we er misschien ooit nog wat mee willen, maar dat is het dan ook. Dus ik weet niet waarom u dacht dat ze hier zou zijn?"

Zijn oprechte belangstelling deed Reinier goed en na al die weken van verdriet en opgekropte spanning vertelde hij de man alles. Dat Anne was omgekomen bij een ongeluk maar dat hij eraan twijfelde of ze wel echt dood was. Dat hij had ingebroken in het uitvaartcentrum en daar iets raars had ontdekt. Dat hij de lijkwagen was gevolgd in de hoop meer te achterhalen en zo hier was terechtgekomen.

Met groeiende onrust luisterde de man naar zijn verhaal. Hoe was het mogelijk! In al die jaren was dit de eerste keer dat iemand zo ver was gekomen, terwijl zij zoveel moeite deden om hun missie niet in gevaar te brengen. En plotseling vanuit het niets, greep hij Reiniers arm vast en draaide hem hardhandig op zijn rug.

"Nou, dat klinkt allemaal reuze interessant moet ik zeggen," gromde hij dreigend. "Vertelt u dan ook maar eens met wie u hier nog meer over gesproken heeft. Nou, wie weten hier nog meer allemaal van?"

Reinier wist niet wat hem overkwam. Deze plotselinge ommezwaai had hij niet zien aankomen en in verwarring stamelde hij:

"Niemand mijnheer! Echt niemand! Ja, mijn huisarts maar die geloofde er niets van. Dus u kunt me nu wel weer loslaten."

Maar de man was nog niet tevreden.

"Alleen met uw huisarts hè," praatte hij Reinier na. "Ja, ja, en dat moet ik geloven zeker. En dan nu de waarheid graag: van wie heeft u deze opdracht gekregen? Heeft u connecties in Rusland misschien? Hebben zij u hiervoor ingehuurd? Nou, hoor ik nog wat?"

En weer gaf hij een flinke ruk aan Reiniers arm. Deze krijste het uit van de pijn.

"Nee, echt niet mijnheer, echt niet! Ik ben hier alleen, niemand heeft me ergens opdracht voor gegeven. En hoe zo... Rusland... ik ben nog nooit in Rusland geweest, geloof me! Ik kwam alleen hier om mijn vrouw te zoeken. Dus alstublieft,

laat me gaan! En als zij hier is, ik smeek het u, laat haar dan
ook gaan. Ik weet zeker dat zij ook niks met die Russen te
maken heeft, ze is daar alleen maar geweest voor haar werk,
verder niets, echt niet!"

Wanhopig, omdat hij nu wel bijna zeker wist dat Anne hier
wel degelijk was, keek hij de man aan maar die liet zich niet
vermurwen. En voor Reinier in de gaten had wat er gebeurde,
kreeg hij een doek op zijn gezicht gedrukt. De doek bedekte
zijn mond en neus waardoor hij nauwelijks nog adem kon
halen en hij rook een scherpe, chemische lucht. Hij worstelde
om zich uit de greep van de man te bevrijden. Tevergeefs. Een
vervelend, licht gevoel in zijn hoofd maakte dat hij slap als een
vaatdoek in elkaar zakte. Daarna werd alles donker.

Met een mengeling van irritatie en bewondering keek de
man op hem neer. Jammer, dit leek hem best een geschikte
vent. In ieder geval een avontuurlijk type, dat waardeerde hij
op zich wel. Toen haalde hij een mobiel uit zijn zak.

"Mijnheer de directeur? Sorry dat ik u wakker bel, maar ik
denk dat u even moet komen kijken. We hebben een indringer.
Wat zegt u? Hoe hij door het hek is gekomen... Oh, dat vertel ik
nog wel, niets onoverkomelijks. Voor nu moeten we beslissen
wat we met hem doen. Wat zegt u? Nee, hij is niet binnen
geweest. Ik zag hem al op de beelden van die camera bij het
tuinhuisje. Dus hij ligt hier, bij de trap naar het souterrain. U
komt? Fijn, dan zie ik u zo."

In afwachting van zijn baas knielde hij naast Reinier neer
en inspecteerde diens zakken. Hij vond een rijbewijs, een foto
van een vrouw -dat zal zijn vrouw dan wel zijn- autosleutels en
een beduimelde zakdoek. Dat was het. Hij scheen met zijn
lamp op het rijbewijs en las: R.J. van 't Hof, geboren te

Strienen. Van 't Hof? Tja, die naam kende hij. Wat dat betreft had hij dus de waarheid gesproken. Hij stopte alles zolang in zijn eigen zak en zag toen zijn baas aankomen, zichtbaar door het oplichtende vlammetje van een aansteker. Ook al was de directeur jarenlang arts geweest, hij had nog steeds niet afgeleerd om te roken. De dunne cigarillo's waren zijn favoriet. Ook nu had hij er eentje in zijn hand.

"Nou vertel, wat hebben we hier," zei hij, ondertussen een trek van zijn sigaartje nemend.

"Ene R. van 't Hof. Op zoek naar zijn vrouw. Vanaf het uitvaartcentrum een wagen gevolgd. Op simpele wijze door het hek gekomen, maar dat fix ik nog wel. Heeft er met niemand over gesproken, zegt hij. Ontkent elke connectie met Rusland. Ik geloof hem. Maar ja, hij weet natuurlijk wel teveel nu."

De directeur knikte en liet zijn blik over Reinier gaan.

"Tja, jammer... maar hij ziet eruit als een gezonde kerel. Dus laten we toch maar de lijst checken om te zien wat kunnen gebruiken. Had jij de nieuwe al in de mail gekregen?"

"Ja, ik heb hem al op de schijf gezet," knikte de man. "Er waren best veel aanvragen, dus wat dat betreft komt dit goed uit."

"Mooi, dan kunnen we misschien weer wat mensen die al lang op de wachtlijst staan blij maken. En, oh ja, laat de omgeving uitkammen. Zijn auto staat vast nog ergens. Zorg dat die verdwijnt, oké?"

Hij gooide met een sierlijke zwaai zijn cigarillo weg en vervolgde gapend:

"Nou, dan kruip ik mijn bed weer in. Of heb je nog hulp nodig met dit vrachtje?"

De man lachte.

“Nee hoor, dat lukt me nog wel. Slaap lekker!”

“Dank je. En nog een goede dienst verder. Trouwens: goed werk. Bedankt voor je oplettendheid!”

“Nou ja, dankzij die camera. Wel goed dat we er toch ook maar één aan het tuinhuisje hebben gehangen.”

De directeur knikte instemmend.

“Zeker! Ben benieuwd of die zijn waarde nog een keer gaat bewijzen. We zullen zien. Welterusten!”

Hij draaide zich om en liet de man in de schemering achter. Die boog zich over Reinier heen, hees hem overeind en legde hem over zijn schouder. Hij daalde het trapje naar het souterrain af, opende de deur en verdween in het gebouw.

Haastig baande Frits zich een weg door het struikgewas tot hij bij Klaas was aangekomen.

"Wat is er, waarom riep je me?" vroeg hij een tikkeltje ongerust. "Niks aan de hand hoop ik?"

"Kijk dan!" wees Klaas en fluisterend vervolgde hij: "Toeval bestaat niet. Nu weet ik het zeker! Kijk dan!"

Frits volgde zijn blik en in de poel ontwaarde hij een auto. De neus lag helemaal in het water maar de achterwielen leunden half op de kant waardoor het kenteken nog te lezen was.

"Kijk dan!" fluisterde Klaas opnieuw en hij trok zijn portemonnee uit zijn broekzak.

Met trillende vingers haalde hij het briefje tevoorschijn waarop hij het kenteken van Reiniers auto had genoteerd en hield het voor Frits' neus. Die zag het in één oogopslag. De auto had hetzelfde kenteken.

"Die auto... is van Reinier!" zei Klaas nog steeds fluisterend. "Snap jij het of snap ik het!"

Verbluft keken ze elkaar aan Frits vroeg, nu zelf ook fluisterend:

"Waarom fluisteren we eigenlijk?"

Verbaasd keek Klaas hem aan.

"Doen we dat?" grapte hij met een scheve glimlach. "Beroepsdeformatie zullen we dan maar zeggen. Bang dat er iemand meeluistert of zo... Nou ja. Laat maar!"

Frits schoot in de lach en dat brak de spanning. Maar toen keken ze elkaar opnieuw in verwarring aan. Want dit was inderdaad wel heel toevallig. Waarom zou de auto van Reinier hier in het water liggen? En, dat hadden ze nog niet eens uitgesproken, zou het lichaam zich nog in de wagen bevinden? Door het donkere water was dat niet te zien.

"Kom, we gaan terug," zei Frits, nu weer doortastend doorpakkend. "Ik denk dat we wat telefoontjes moeten plegen".

Ze wurmden zich terug en terwijl Klaas koffie zette, belde Frits met de afdeling forensische zaken. Al snel was er een team ter plaatse. Met rood-witte linten zetten ze het gebied af en gingen ze aan de slag om zo veel mogelijk gegevens te verzamelen. De auto moest al een poosje zo liggen, want er waren geen bandensporen meer te vinden en ook het struikgewas had zich weer hersteld. Jammer genoeg waren er dus ook geen andere aanwijzingen zoals voetsporen of schoenzoolafdrukken. Na alles gefotografeerd en genoteerd te hebben, arriveerde er een kraanwagen om de wagen uit het water te takelen. Vol spanning keek het team toe en ook Klaas en Frits hielden hun adem in.

De monteur maakte de kettingen vast en langzaam trok de lier de ketting strak. Traag verscheen de auto boven water. Een zucht van teleurstelling klonk. Hij was leeg. Klaas vloekte zacht. Verdorie! Hij had gehoopt op een definitieve doorbraak. Maar zo te zien zat het onderzoek dus nog steeds muurvast. De commandant van het team kwam op hen toe.

"We nemen die auto nu mee," sprak hij zakelijk. "En we kammen hem uiteraard helemaal uit. Zodra we alle gegevens verzameld hebben, spreken we elkaar weer. En morgen komen we terug om het terrein nader te onderzoeken. Misschien ligt het lichaam wel in de poel of ergens in het bos. We gaan het in ieder geval minutieus doorzoeken. Je weet maar nooit. Nu die auto hier is gevonden, lijkt de kans in ieder geval aanwezig dat hij hier ergens ligt. Dus wie weet vinden we hem alsnog!"

"Nou, dat zou mooi zijn!" verzuchtte Frits. "We zullen zien. Trouwens, kan ik met jullie mee terugrijden? Ik heb mijn wagen niet hier. Klaas, jij blijft denk ik hier? Misschien kun jij vast een rondje lopen om te kijken of we iets over het hoofd hebben gezien. En dan zien we elkaar morgen weer."

Klaas knikte en met gemengde gevoelens zag hij hoe het team weer afdroop. Toen liep hij, zoals Frits had gevraagd, een rondje om de poel. Dat ging een stuk gemakkelijker nu omdat de kraanwagen het struikgewas grotendeels plat had gereden. Tot zijn teleurstelling vond hij niets wat ook maar enigszins aan een oplossing van dit mysterie zou kunnen bijdragen. Onverrichter zake slofte hij terug naar zijn huisje. En daar bedacht hij dat hij misschien toch nog iets kon doen. Die beveiligingsdienst bij het lege landhuis, die liep daar iedere dag. Misschien hadden zij iets gezien!

Met nieuw elan stapte hij op zijn fiets en reed langs het hek, in de hoop iemand aan te treffen. Het landgoed was groter dan hij dacht. Hij had al een flink eind gereden voor hij eindelijk een beveiliger in het oog kreeg. Hij stapte af en riep met luide stem:

"Hé, jij daar!"

De beveiliger draaide zich om kwam naar hem toe. Klaas zag dat het dezelfde man was die hij eerder had gesproken.

"Zo, maat," sprak hij zakelijk. "Volgens mij hebben wij elkaar hier eerder gezien, een paar weken geleden. Maar nu kom ik ergens anders voor."

Even keek de beveiliger hem bevreemd aan. Maar toen verscheen er een blik van herkenning in zijn ogen.

"Ah ja, nu zie ik het. U bent die man die belangstelling had voor dat huisje in het bos. En, is dat nog gelukt allemaal?"

"Ja, dat is gelukt," knikte Klaas kortaf. "Dus nog bedankt voor de medewerking. Maar vandaag wil ik het ergens anders over hebben."

Hij haalde zijn politiepenning voor de dag en vervolgde grimmig:

"Wij doen onderzoek naar een vermiste man. En u zult het niet geloven, maar zijn auto lag in een poel achter het huisje dat ik vorige maand heb gekocht. Hoe zou die daar nou terecht zijn gekomen..."

Hij observeerde de beveiliger aandachtig maar deze reageerde rustig en vrij laconiek.

"Oh, echt? Dat is wel heel toevallig! Tja, geen idee. Ik heb daar verder ook niets over gehoord moet ik zeggen, over die vermissing bedoel ik."

"Nou, het heeft een tijdje terug wel in de krant gestaan," liet Klaas weten, de man nog steeds nauwlettend observerend. "Man van 34, zo'n 1.78 lang, bruin haar, normaal postuur, woonachtig in Strienen. Niet gezien hier?"

Weer reageerde de man heel natuurlijk.

"Nee, niet dat ik zo weet... ik zei u de vorige keer al dat ik bijna nooit iemand zie hier. Ja, laatst kwam er een aannemer kijken en er komen af en toe wandelaars langs. Maar de meeste nemen het wandelpad door het bos, die met die uitgezette paaltjes weet u wel. Dat is natuurlijk ook leuker dan langs deze weg te lopen. Nee, ik vrees dat ik u niet verder kan helpen."

Klaas zag dat hij oprecht was in zijn reacties en teleurgesteld stak hij zijn penning terug in zijn zak.

"Ik geef u dan nog wel mijn kaartje," zei hij vlak. "Mocht u
toch nog iets horen dan kunt u mij bellen."

"Ja, tuurlijk!" knikte de beveiliger bereidwillig en hij pakte
het kaartje aan.

Daarna wachtte hij tot hij Klaas zag verdwijnen in de verte.
Toen hij zeker wist dat hij weg was, haalde hij een mobiel
tevoorschijn en drukte een nummer.

"Hallo? Met wie? Ja, fijn dat ik u aan de lijn heb. Kijk, wij
bemoeien ons nooit met wat jullie hier doen. Dat willen we ook
helemaal niet weten. Maar nu zijn jullie wel zo stom bezig
geweest. Waarom? Omdat jullie kennelijk een auto hebben
gedumpt in een meertje in het bos. En dan kiezen jullie precies
dat meertje achter dat portiershuisje uit. Om vervolgens dat
huisje te verkopen aan een politieagent. Nou, ben je dan lekker
bezig of ben je dan lekker bezig. Luister: ik heb die man
kunnen afpoeieren en volgens mij was hij niet achterdochtig.
Maar mocht hij terugkomen dan weet ik niet of me dat nog een
keer lukt. Dus kijk maar wat je ermee doet maar ik ben er wel
zo'n beetje klaar mee. Wat zegt u? Dat ik me geen zorgen hoef
te maken? Dat u het gaat regelen? Nou, dat hopen we dan
maar. Ik zou zeggen: succes ermee. En...wat zegt u? Ja,
natuurlijk blijven wij hier gewoon ons werk doen. En als jullie
dat nou ook doen, dan zijn we gewoon nog steeds goede
vrienden, afgesproken? Ja, prima. Ja, natuurlijk houd ik u op
de hoogte. Tot ziens dan, hè. Goedendag."

Hoofdschuddend drukte hij zijn telefoon uit en stak hem
weer in zijn zak. Stelletje kneuzen! Dit was immers niet de
eerste keer dat ze zaken op eigen houtje afhandelden zonder

hun dienst ervan op de hoogte te brengen. Hij was er zo langzamerhand helemaal klaar mee. Kijk, het was al niet het
leukste baantje wat je je kon bedenken. En dit soort incidenten
maakten het niet echt beter. Hij moest toegeven dat hij daardoor ook wel wat makkelijker werd. Normaal gesproken nam
hij bijvoorbeeld niet zomaar een vrije dag. Maar nu vond hij
dat dit best weer eens kon. Ze konden immers zo goed hun
eigen zaakjes regelen? Nou, dat deden ze dan ook maar als hij
er een keertje niet was. Hij zuchtte diep, schudde nogmaals
zijn hoofd en vervolgde toen met frisse tegenzin zijn route.

Anne schrok wakker door ongewone geluiden op de gang. Ze veerde overeind en spitste haar oren. Wat was daar in vredesnaam aan de hand? Ze hoorde mensen rennen, voetstappen weerkaatsten luid door de holle ruimte, ze hoorde iemand kermen van de pijn, zo heftig dat ze er koude rillingen van kreeg. Wieltjes van een brancard of zo ratelden over de vloer, stemmen die elkaar in paniek toeschreeuwden, waaronder die van Bart.

Ze sprong uit haar bed en legde haar oor tegen de deur om beter te kunnen luisteren. De onrust hield aan. Er was overduidelijk iets helemaal mis in de kamer naast haar en het besef dat ze opgesloten zat en dus totaal niet kon beoordelen of zijzelf misschien ook gevaar liep, greep haar naar de keel. Ze bonsde op de deur en schreeuwde luid:

"Hé! Hé daar! Wat is er aan de hand! Hé, hallo!"

Haar geroep ging echter verloren in de hectiek aan de andere kant en in paniek keek ze om zich heen. Hoe kon ze hier wegkomen? Had ze hier überhaupt een vluchtroute?

Ze inspecteerde, zoals ze al vaker had gedaan, de ramen. Deze waren hoog en konden niet open. Bovendien was het dubbel glas dus ze zouden vast niet kapot gaan als ze zou proberen er een stoel doorheen te gooien. En stel dat dat wel zou lukken: hoe hoog zat ze hier eigenlijk?

Gehaast pakte ze de stoel en zette hem voor het raam. Tot

nu toe had ze het niet durven proberen maar nu was ze er klaar voor. Ze pakte de rugleuning vast met haar ene hand en steunde met haar andere op de vensterbank. Met één voet op de stoel zette ze zich zo krachtig mogelijk af. De tweede keer lukte het! Weliswaar houterig en verschrikkelijk onhandig maar ze stond op de stoel! Nu kon ze eindelijk over dat stomme plakplastic heen kijken. Ze ging op haar tenen staan en gluurde naar buiten. Het eerste wat ze zag was een groot grasveld. Het liep ver door, tot aan een hoog hekwerk helemaal in de verte. Daarachter bomen, een bos. Hè, ze wilde nog meer zien! Waarom was ze niet nét iets langer.

Ondertussen was het rumoer op de gang verstomd. Het leek erop dat ze de patiënt hadden afgevoerd en er verder dus niets aan de hand was wat haar in gevaar zou kunnen brengen. Maar ze had wel een glimpje vrijheid geproefd en ze stapte, zij het nog met enige moeite, van de stoel af en pakte haar kussen. Iedere centimeter scheelde! Ze legde het kussen op de stoel en klom er opnieuw op. Nu ging dat al beter en kijk: het werkte wel, ze kon verder wegkijken.

Zo te zien lag haar kamer op de tweede verdieping. Te hoog om uit het raam te klimmen, als dat al had gekund. Die optie kon ze dus definitief loslaten. En waar ze altijd had gedacht dat er weinig te beleven viel rond het gebouw, zag ze nu dat er wel degelijk wat gebeurde. Ze zag twee mannen in een soort van overall druk bezig een kuil te graven. Aan de kale plekken her en der in het gras te zien, waren er al meer gemaakt. Opeens ging er een koude rilling over haar rug. Als je goed keek zou je kunnen denken dat het... graven waren?? Een koude hand omsloot haar hart. Was dat wat er hier niet pluis was? Was dat het vreemde wat ze vanaf het begin had gevoeld? Dat mensen hier niet kwamen om te herstellen maar om... ja, waarom dan wel eigenlijk? Een groot schrikbeeld overviel haar. Stel je voor dat zij daar straks ook zou liggen, dan zou Reinier haar nooit kunnen vinden. Sterker nog: dan bracht hij zichzelf misschien wel in gevaar door naar haar op zoek te gaan. In afschuw sloeg ze haar handen voor gezicht maar door deze beweging gleed het kussen van de stoel. Voor ze het wist lag ze met een knal op de grond. Ze schreeuwde het uit. Haar enkel had de klap niet op kunnen vangen en deed intens pijn. Hè wat stom, waarom lette ze dan ook niet beter op!

Ze probeerde te gaan staan maar dat lukte absoluut niet. Au, wat nu? Zich afzettend met haar andere voet schoof ze over de gladde vloer richting haar bed. Daar lag de bel en met een beetje geluk kon ze erbij. Ze trok zich op en drukte op de knop. Ja, de rode lamp boven de deur ging aan en gelaten liet ze zich weer zakken. Al snel kwam er iemand binnen en ze was blij om Bart te zien. Met enkele stappen was hij bij haar.

"Wat is er gebeurd?" vroeg hij ongerust, ondertussen voorzichtig haar voet betastend.

"Ach, gewoon stom!" verzuchtte Anne, haar tanden op elkaar klemmend. "Ik ben van die stoel gevallen. Stom, ik weet het. Maar door al dat gedoe op de gang raakte ik een beetje in paniek en ik wilde kijken of ik hier wel weg kan komen als er echt iets aan de hand is. Dus ik dacht, kom op meid, je kan het. En kijk erop, dat ging wel. Maar toen schoot het kussen eraf... dat had ik er ook niet op moeten leggen natuurlijk. Maar... au! Wat doet je!"

"Je enkel controleren!" zei Bart nuchter. "Je hebt geluk, hij is niet gebroken. En het spijt me dat je geschrokken bent van alle commotie. Maar het ging even heel slecht met die patiënt dus we moesten snel handelen. Kom, ik help je op bed."

Hij hees haar overeind en legde haar been wat hoger.

"Ik doe er even wat kouds op, dat helpt tegen de zwelling."

Hij maakte een washandje nat en legde het op haar voet. Verward keek Anne naar wat hij deed. Hè, waarom voelde alles hier toch zo dubbel. Iedere keer als ze Bart bezig zag, vervaagde haar gevoel van onrust. Hij zorgde zo goed voor haar. En dat paste zo niet in het plaatje wat ze had gekregen van deze kliniek. Ze vroeg zich af hoe zo'n lieve, zorgzame man hier was terechtgekomen. Hij was meelevend, geduldig. En bovendien ook nog... knap.

"Gaat het weer?" vroeg Bart en hun blikken kruisten elkaar.

Anne's hart sloeg een slag over en blozend knikte ze.

"Ja, dit voelt al veel beter. Maar kan ik er wel op lopen?"

"Ik kan 'm wel intapen," stelde Bart voor. "Hij wordt niet dik, dus het kan. En dan ben je tenminste een beetje mobiel."

Hij rommelde in de kast en haalde een rolletje voor de dag. Geroutineerd draaide hij de tape om haar voet.

"En, voelt het goed zo?"

Anne knikte dankbaar en zijn aandacht voor haar, ook al was deze nog zo professioneel, maakte haar verlegen. Iets wat ze eigenlijk alleen herkende van de eerste tijd met Reinier, toen ze nog pril verliefd op hem was. En iets wat ze zeker niet op die manier voor Bart wilde voelen omdat ze absoluut niet wist of ze hem nu wel of niet kon vertrouwen. Benieuwd naar zijn reactie vroeg ze daarom:

"En, gaat het met die andere patiënt ook weer goed?"

"Nou..." aarzelde Bart even, iets dat haar niet ontging, maar hij vervolgde oprecht: "Nee, dat ziet er eerlijk gezegd niet zo goed uit. We houden haar daarom nog even in observatie."

Kritisch keek Anne hem aan.

"In observatie, ja, ja," herhaalde ze en de knuppel in het hoenderhok gooiend: "Dus dat graf wat ze buiten aan het delven zijn, is niet voor haar?"

Als Bart al schrok van haar opmerking dan wist hij dat goed te maskeren. Weer kruisten hun blikken elkaar en even hing er een gespannen sfeer tussen hen. Toen glimlachte Bart wrang.

"Anne, luister," zei hij zacht. "Dit heb ik nog nooit bij iemand gedaan. Maar... voor jou heb ik een zwak. Daarom wil ik je waarschuwen. Als je doorgaat met al die vragen stellen en wanneer je zo kritisch blijft, dan kan dat tegen je gaan werken. Ik kan het verder niet uitleggen, maar het kan zijn dat je jezelf daardoor in... gevaar brengt."

Verschrikt keek Anne hem aan. -Zie je wel, zie je wel- echode het in haar hoofd.

"In gevaar?" vroeg ze dringend. "Hoe bedoel je, in gevaar?"

Bart slikte.

"Anne, alsjeblieft. Dring niet verder aan. Dat ik dit nu tegen je zeg is al heel wat, geloof me. En ik wil niet dat je iemand de gelegenheid zou geven om te denken: ach, die lastpak, daar hebben we toch niks aan dus die zijn we liever kwijt dan rijk. Begrijp je wat ik zeg?"

Anne's mond viel open van verbazing.

"Nee, ik begrijp helemaal niets van wat je zegt!" stamelde ze ontdaan. "Ik bedoel, hoezo hebben jullie niks aan me. Wat had ik voor jullie kunnen betekenen dan?"

"Nou, je kennis van het Russisch bijvoorbeeld," legde Bart uit. "Want die tas met documenten waar jij dus niks mee hebt,"

Anne knikte gespannen.

" ...is voor ons goud waard. Als dat... medicijn, zoals jij het noemt, werkt zoals het beschreven staat dan kunnen we daar heel veel mee doen. Mijn leidinggevende hoopte dat jij ons daarbij zou kunnen helpen. Een samenwerking met de Russische ontdekker opzetten of zo. Maar nu je hebt aangegeven dat jouw kennis van het Russisch zeer beperkt is, heb je voor hem geen toegevoegde waarde meer, snap je? En ik moet er niet aan denken dat hij op het idee zou komen om dat medicijn dan maar op jou uit te testen. Het testen van nieuwe medicijnen is namelijk een van de dingen die we hier doen en eerlijk gezegd pakt dat niet altijd goed uit."

Vol afgrijzen staarde Anne hem aan. En hij hoorde een onderkoelde woede in haar stem toen ze zei:

"Oké, dus wat jij zegt is dat als je hier geen toegevoegde waarde meer hebt, je als proefkonijn wordt gebruikt en dan met een beetje pech in zo'n gat in de tuin terecht komt. Nou lekker dan! En jij werkt daaraan mee?"

Beschaamd ontweek Bart haar blik. Maar toen keek hij haar weer recht in de ogen en reageerde bevlogen:

"Ik snap dat je er zo naar kijkt. Echt! Maar hoeveel mensen wachten er niet jaren op een medicijn dat maar niet wordt vrijgegeven om allerlei duistere redenen. Om over de lange wachtlijsten voor donororganen nog maar te zwijgen. Daarom produceren wij zoveel mogelijk medicatie zelf, om zo patiënten sneller te kunnen helpen. Daar is toch niks mis mee?"

Verbijsterd hoorde Anne hem aan. Meende hij dit nu echt? Nam hij werkelijk op de koop toe dat er dan maar mensen kwamen te overlijden? En wat nu als zíj dat zou zijn? Zou hij het dan wel voor haar opnemen? Verdrietig schudde ze haar hoofd. Nee, daar durfde ze niet op te vertrouwen, hoe aardig en meelevend hij ook altijd voor haar was. Dat was immers allemaal nep geweest zodat zij niet achterdochtig zou worden. Kansloos natuurlijk. Ze had van het begin af aan al gevoeld dat er hier iets niet pluis was. Maar dat ze zo ver zouden gaan, nee, dat had ze nooit kunnen bedenken.

"Weet je wat jij moet doen?" zei ze, nog steeds met die ijskoude ondertoon in haar stem. "Weg wezen van mijn kamer. Donder maar op! En vergeet vooral niet de deur op slot te doen. Ja, ik meen het! Donder maar op! Ik dacht dat ik jou kon vertrouwen. Maar je hoort gewoon bij dit hele zooitje! Ga maar weg! Weg!"

Schoorvoetend stond Bart op.

"Toe, Anne..." probeerde hij nog maar ze pakte haar kussen en smeet het naar hem toe.

"Donder op!" schreeuwde ze woedend en hij zag dat het haar menens was.

Even bleef hij besluiteloos staan, niet wetende wat te doen met zijn gevoelens. Toen, ineens, trok hij het laadje van haar kastje open en zei zacht, haar kamersleutel erin leggend:

"Ik wens je een goede nacht, Anne. Ik heb zelf slaapdienst vandaag en ik denk dat ik heel vast zal slapen."

Hij gaf haar een veelbetekenende knipoog en met een mengeling van verdriet en opluchting draaide hij zich om en verliet haar kamer. Nog vol adrenaline haastte hij zich door de gang en daarna de trap af naar beneden. Door Anne's heftige reactie verkeerde hij in dé perfecte stemming om eens een stevig woordje te wisselen met zijn baas en wel nu. Geagiteerd liep hij het kantoor binnen. Daar zat de directeur achter zijn bureau. Hij was een al wat oudere man die zijn sporen in de gezondheidszorg meer dan had verdiend. Van eenvoudig verpleger was hij opgeklommen naar hoofd interne geneeskunde. Na zijn pensionering had hij besloten het nu eens helemaal op zijn manier te gaan doen met deze kliniek als resultaat. Hij vond het fijn dat het kleinschalig was en dat hij echt het verschil kon maken in plaats van zich altijd maar weer te moeten onderwerpen aan strenge wet- en regelgeving. Bart zag hij als een geweldige aanwinst voor zijn team. Jong, betrouwbaar en altijd inzetbaar.

"Hé Bart, ga zitten," begroette hij hem dan ook joviaal. "Vertel, wat kan ik je voor je doen?"

Bart viel meteen met de deur in huis.

"Ik... wil terugkomen op dat incident van vanmorgen," begon hij bevlogen. "Die mevrouw van kamer elf. Het gaat zo slecht met haar. Zoveel pijn... echt niet normaal. En straks gaat ze nog dood ook. Ik vind en dat meen ik, dat we hier een grens hebben overschreden. Dit kan echt niet! Ik begrijp dat we goud in handen hebben als het blijkt te werken. Maar dit is te gruwelijk. Ik kan het eerlijk gezegd niet aanzien."

"Nou zeg, waar komt dit ineens vandaan?" reageerde de directeur verbluft. "Je hebt toch op de IC gewerkt. Nou, dan ben je wel wat gewend, lijkt mij. En je stond er toch achter dat we het zouden testen? Waarom maak je je nu dan zo druk?"

"Dat klopt en ik stond er achter," knikte Bart. "Maar toen wist ik nog niet wat een verschrikkelijke uitwerking het zou hebben. En om iemand zo te laten lijden, daar werk ik dus niet aan mee. Luister, het hoeft toch niet ten koste van alles te gaan? En dat alleen voor... ja, waarvoor eigenlijk? Om flink wat geld te verdienen als we dat patent kunnen doorverkopen of zo? Maar we zitten hier toch niet om geld te verdienen. We zitten hier om mensen te helpen die wachten op een donor of een medicijn. Het lijkt wel of je dat uit het oog bent verloren."

Zichtbaar geïrriteerd staarde de directeur hem aan. Waar kwam dit nu ineens vandaan? Dit was hij niet van Bart gewend en eerlijk gezegd stond die houding hem helemaal niet aan.

"Nou zeg, je hoeft me hier niet als een klein kind de les te lezen!" reageerde hij geprikkeld. "Ik weet heus wel wat we hier doen. Maar jij weet ook dat we met meer geld nog veel meer zouden kunnen doen. En daar gaat het me om. Maar vooruit, ik weet het goed gemaakt. Je hebt denk ik wel meegekregen dat we, dankzij de informatie van Freek, het recept hebben aangepast. Dus ik wil het nog een keer testen. Maar daar zal ik dan eerst dierproeven voor gebruiken, akkoord? En Bart... ik verwacht wel dat jij je werk hier gewoon goed blijft doen, begrepen? Ik ga ervan uit dat dit de eerste en de laatste keer was dat je hier zo binnen komt stormen."

En met een wuivend gebaar met zijn hand maakte hij duidelijk dat Bart wel weer kon vertrekken. Deze verliet met gemengde gevoelens de kamer. De dreiging in die laatste woorden was hem natuurlijk niet ontgaan en hij besefte dat hij de man maar beter te vriend kon houden.

De directeur wachtte tot Bart buiten gehoorsafstand was. Toen pakte hij zijn telefoon, koos een nummer en sprak koel:

"Hé, met mij. Zeg, wil jij een oogje op Bart houden? Ik moet weten of ik hem nog wel kan vertrouwen. Nee, je hoeft verder nog niets te doen. Alleen even aankijken. Prima, bedankt!"

Hij beëindigde het gesprek en keek even peinzend voor zich uit. Toen haalde hij zijn pakje cigarillo's voor de dag en liep naar buiten om er eentje op te steken.

Met lange gezichten zaten Klaas en Frits aan de bar van hun favoriete café dat letterlijk om de hoek van hun bureau lag. Barman Bady had ze een biertje ingeschonken maar de glazen waren nog zo goed als vol en de stemming kwam er niet echt in.

"Weet je…" verzuchtte Klaas, ondertussen rondjes met zijn glas draaiend van links naar rechts en dan weer van rechts naar links. "Ik had echt gedacht dat het forensisch team nog wel iets in die auto zou vinden. Maar helemaal niets! Wie had dat gedacht. Zo frustrerend dit! En de resultaten van het huis zijn ook nog niet binnen. Schiet niet op zo!"

Frits knikte en nipte aan zijn bier. Hij veegde de snor van de schuimkraag van zijn bovenlip en zuchtte diep.

"Ja, meestal vinden ze wel wat. Een voetafdruk, kleding-stukken of weet ik veel wat. Ik bedoel: die jongens en meiden weten echt wel waar ze mee bezig zijn. Maar nu… ik baal hier zo van!"

"Anders ik wel!" beaamde Klaas zwaarmoedig.

Weer viel er een stilte en Bady, die het koppel al jaren kende, keek verbaasd naar de twee bedrukte gezichten. Dit was hij niet gewend van die twee kerels. Ze kwamen hier vaak een biertje halen na hun dienst. Dat was eigenlijk altijd gezellig met grappen over en weer waarbij ze elkaar niet spaarden. Maar vandaag zat dat er duidelijk niet in. Hij dook onder zijn bar en haalde een schaaltje nootjes voor de dag.

"Kom op mannen, niet zo zwaar op de hand!" probeerde hij de stemming wat op te peppen. "Kijk eens, deze zijn van het huis!"

"Oh, bedankt Bady," reageerde Klaas lauwtjes en puur uit beleefdheid stopte hij zonder echt te proeven wat nootjes in zijn mond.

Frits nam zelfs de moeite niet om er een paar te pakken.

"Oké!" sprak Bady ferm, het schaaltje weer aan de kant schuivend. "Vertel dan maar aan ome Bady wat er aan de hand is! Zo ken ik jullie niet... Dus kom maar door! Waarom zitten jullie hier met van die lange gezichten. Of dacht je dat het leuk was om daar al een uur tegenaan te moeten kijken!"

Beschaamd keken Klaas en Frits elkaar aan. Toen schoten ze in de lach. Als zelfs Bady zo reageerde, dan was het echt erg met hen gesteld.

"Ah, gewoon even een dipje," reageerde Frits met een scheve grimas. "Soms heb je dat, toch? Dat het gewoon effe niet gaat zoals je zou willen. Gaat wel weer over."

Klaas knikte terwijl hij het schaaltje met nootjes weer veroverde en er nog een paar pakte.

"Zo is het," beaamde hij met volle mond. "Gaat wel weer over wanneer we weer een aanknopingspunt vinden. En dat komt altijd. Dus komt goed."

"Oké, dus als ik het goed begrijp is dat gesip nergens voor nodig!" concludeerde Bady kordaat, terwijl hij met verbazing toekeek hoe snel de nootjes in Klaas' mond verdwenen. "Nou, drink dan ook jullie pilsjes op voordat het helemaal doodslaat. Dan haal ik nog twee nieuwe. Rondje van de zaak."

"Jij wordt nooit rijk, Bady," grapte Frits, zijn glas achterover slaand. "Van al die pilsjes die jij ons in al die jaren cadeau hebt gedaan, had je gemakkelijk een huisje in Spanje kunnen kopen!"

"En laat mijn hart daar nou helemaal niet naar uitgaan," lachte Bady. "Nee, ik vind het prima hier. Klein stadje, gezellige mensen, nou ja, meestal dan," voegde hij er met een vette knipoog aan toe.

Hij zette twee nieuwe pilsjes voor hen neer en verdween even naar de spoelkeuken om wat schone glazen te halen. Toen hij terugkwam zag hij tot zijn verbazing dat de twee krukken aan de bar leeg waren. De pilsjes stonden nog onaangeroerd en er zaten zelfs nog wat nootjes in het bakje. Maar de heren zelf waren 'm gesmeerd.

"Krijg nou wat!" mompelde Bady verbouwereerd. "Zo zitten ze er en zo zijn ze weer verdwenen... Nou ja, er zal wel iets dringends aan de hand zijn..."

Hij zuchtte, pakte zijn kasboek en zette twee biertjes op de openstaande rekening van Klaas en Frits. Nee, rijk worden zou hij nooit!

Zo snel ze konden, waren Klaas en Frits teruggelopen naar het bureau. Nu kwam het goed uit dat Bady pal om de hoek zat. Ze werden opgewacht door een analist van het forensisch team.

"Nou vertel, wat hebben jullie gevonden?" vroeg Klaas gespannen, ondertussen onverschillig zijn jas op de grond gooiend. "Je zei iets over vingerafdrukken, toch?"

"Ik zou maar even gaan zitten," zei de forensisch collega ernstig. "Want dit is echt vuurwerk! Serieus, ik houd jullie niet voor de gek!"

Klaas zag dat het hem ernst was en hij trok twee stoelen bij.

Ze gingen zitten en de analist startte de beamer. Op het scherm verscheen de afbeelding van enkele vingerafdrukken en daarnaast gegevens van degenen die het betrof. In een flits zag Klaas de letters KGB en zijn mond viel open.

"Deze vingerafdrukken hebben we gevonden in de woning van Anne en Reinier," vertelde zijn collega. "We hebben ze in een internationale database ingevoerd en wat denk je: er was een match! En je ziet het goed, deze vingerafdrukken worden gelinkt aan twee KGB agenten."

Ook Frits' mond viel nu open.

"En dat weten jullie zeker?" vroeg hij gespannen.

"Honderd procent," knikte de analist. "We zijn zo vrij geweest de passagierslijsten van Schiphol op te vragen, die heb ik ook hier."

Hij klikte door naar een volgende pagina en Klaas en Frits zagen dat de twee agenten slechts drie dagen in Nederland waren geweest. In die tijd waren ze dus kennelijk in de woning aan de Irenelaan geweest.

"Maar... wat zochten ze daar in vredesnaam," zei Klaas verbluft. "En moeten we dit niet melden bij de AIVD?"

"Nou, dat kan altijd nog," reageerde Frits meteen. "Laten we er eerst zelf verder induiken. Anders weet ik precies hoe dat gaat, dan lopen die lui ons alleen maar voor de voeten."

De analist haalde zijn schouders op.

"Het enige wat wij tot nu toe weten is dat Anne dit voorjaar in Rusland is geweest voor haar werk. Ze heeft een reportage gemaakt over hoe de Russen de coronacrisis hebben aangepakt en hoe groot het vertrouwen in het Spoetnik vaccin nu is. Er stonden wat werkbestanden hierover op haar laptop. Maar verder hebben we daar niets bijzonders op gevonden. En ook niet op die van Reinier trouwens."

"Klopt," knikte Frits. "Ik heb die artikelen gelezen. Goed journalistiek werk."

"Maar wat vreemd dat die agenten hier maar drie dagen zijn geweest," peinsde Klaas. "Wisten ze toen al wat ze wilden weten? En... was Reinier misschien thuis op dat moment? We hebben geen sporen van braak gezien. Zou hij ze binnen hebben gelaten?"

"Verrek, ja!" schrok Frits. "En zouden die Russen dan iets met zijn verdwijning te maken hebben? Ze hebben hem toch niet omgelegd, mag ik hopen!"

Geschokt keken ze elkaar aan. Wie had dit kunnen denken! Dit was wel een heel bijzondere wending in het verhaal.

"Maar... waar zouden ze zijn lichaam dan hebben gelaten?" vroeg Klaas zich hardop af. "En die auto... hebben zij die dan in die poel gedumpt? Dat is toch helemaal niet logisch? Ik bedoel: als je van een lijk af wilt, dan had ik 'm in die auto gelegd."

"We hebben nog iets," onderbrak de analist hun gedachtegang terwijl hij de beamer weer uitdeed. "Maar dat ligt hier op tafel."

Frits en Klaas veerden overeind. Op de tafel lagen allerlei voorwerpen uitgestald. Een portemonnee, een kam, een klein flesje parfum en een foto waarop ze Reinier herkenden. Hij stond er vrolijk lachend op en het raakte hen hem te zien, zeker nu ze deze nieuwe feiten kenden.

"Dit komt uit de handtas van Anne die we in de auto vonden. We wilden jullie alles in één keer laten zien omdat we een link vermoeden. Kijk, wij vonden vooral dit interessant,"

Hij wees naar een papiertje waar met pen iets opgeschreven stond. Het kostte moeite om het te lezen want doordat de tas in het water had gelegen waren de letters behoorlijk vervaagd. Maar Klaas wist het toch te ontcijferen:

"Mischa Oznarova," prevelde hij hardop. "En met een telefoonnummer erbij. Nou, dat klinkt verdomd Russisch!"

"Daarom!" beaamde de analist. "We hebben bij die naam geen connectie met de KGB gevonden. Maar hopelijk is het toch een lijntje waar jullie iets aan hebben. En deze is ook een beetje vreemd. Het lijkt een soort van archiefkaartje van het uitvaartcentrum. Op de voorkant staan Anne's gegevens. En kijk..."

Hij schoof het kaartje voorzichtig op een plaatje karton en draaide het om. Frits en Klaas bogen zich erover en ze zagen op de achterkant een opmerking over vervoer van de kist staan met een datum erbij die twee dagen voor de begrafenis lag.

"Even nog voor jullie informatie," voegde de forensisch collega toe. "Wij zijn al bij het centrum geweest en hebben daar vingerafdrukken gevonden van de medewerkers zelf, maar ook die van Reinier. Ze zaten op het bureau, op het toetsenbord van de computer en ook op de la waar die kaartjes in bewaard worden. Hij heeft dat kaartje dus zelf uit die la gehaald, om wat voor reden dan ook. Verder hebben we daar niets gevonden dat aan de KGB gelinkt kan worden."

"Poeh, je maakt het ons niet echt makkelijker!" verzuchtte Klaas. "Maar goed, geen gebrek aan inspiratie meer in ieder geval!"

Vol energie sprong hij overeind.

"Kom Frits, we gaan die Mischa bellen. En als jij dat dan doet. Mijn Russisch is niet meer wat het geweest is."

"Het mijne wel zeker!" grapte Frits. "Maar vooruit, met een klein beetje Engels zal het toch ook wel lukken, hoop ik."

Ze bedankten hun collega voor al het goede werk dat was verricht en liepen naar Frits' kantoor. Daar koos Frits het nummer van Mischa en zette de luidspreker aan zodat Klaas kon meeluisteren. Al snel kreeg hij gehoor.

Mischa bleek redelijk Nederlands te spreken. Hij vertelde dat hij stage liep bij de krant waar ook Anne werkte. En dat zij hem had gevraagd om haar te helpen bij het vertalen van enkele Russische documenten. Nee, hij kwam niet uit Rusland maar van de Kaukasus. Maar het Russisch beheerste hij goed. Nee, hij had die documenten nooit gezien omdat Anne op de dag van hun afspraak dat ongeluk had gehad. Nee, ze had hem ook niet verteld wat voor papieren het waren. En of ze dat zelf wel wist vroeg hij zich af, omdat haar Russisch niet zo heel goed was. Of het politiek gevoelig zou kunnen liggen? Tja, dat wist hij dus niet. Nee, Reinier had hij nooit ontmoet. Of die wist wat er in die papieren stond, leek hem niet voor de hand liggend. Nee, er had ook niemand die Russisch sprak, contact met hem gezocht. Dus hij kon hen niet verder helpen.

Na zijn adres te hebben genoteerd en te hebben aangegeven dat hij beschikbaar moest blijven voor eventueel nader onderzoek, verbrak Frits teleurgesteld de verbinding. Hè, dit leek zo'n goed lijntje maar uiteindelijk had het hen niets opgeleverd. Met een diepe zucht keken ze elkaar aan. Ze kwamen maar niet verder, wat was dat toch!

"Maar wacht eens even!" bedacht Klaas ineens. "Volgens mij zei die Demmers dat ze twee tassen hadden meegegeven aan het uitvaartcentrum. Die handtas hebben we nu. Maar die andere, die aktetas, wat is daarmee gebeurd? En wat ik nu ook bedenk: daar zaten vast die documenten waar Mischa het over had in, denk je ook niet?"

"Dat zou zomaar kunnen inderdaad!" knikte Frits. "Dan zijn die Russen dus op zoek geweest naar die tas. Omdat ze belang hadden bij de papieren die erin zaten... Waarschijnlijk zijn ze er hier vervolgens op de één of andere manier achter gekomen dat Anne is omgekomen. En omdat ze die tas niet konden vinden, hebben ze denk ik de conclusie getrokken dat deze bij het ongeluk verloren is gegaan en zijn ze daarom zo snel weer vertrokken. Wat ik op zich snap, want je wilt als KGB natuurlijk niet door onze intelligence ontdekt worden!"

"En Anne wist dus niet dat die papieren zo belangrijk waren..." vulde Klaas aan. "Maar hoe kan het dat ze dat niet wist? Ze heeft ze wel uit Rusland meegenomen."

"Misschien niet bewust..." borduurde Frits verder op deze gedachtegang. "Misschien heeft ze die tas per ongeluk mee-genomen. Zou dat kunnen?"

"Dat kan, dat kan," probeerde Klaas mee te denken. "Ligt niet voor de hand maar goed, laten we daar eens op doorgaan. Dus ze heeft die tas onbewust of per ongeluk meegenomen. Maar hoe zijn die Russen daar dan achter gekomen? Dat zij die papieren had?"

"Nou, op ieder vliegveld hangen camera's," opperde Frits. "Misschien herkende iemand de tas waar ze in zaten. En dat ze het zo aan haar konden koppelen."

"Dat klinkt heel geloofwaardig!" knikte Klaas opgewonden. "En aan de hand van de passagierslijst konden ze achter haar adres komen. Ja, ik denk dat het zo is gegaan!"

Voorzichtig optimistisch keken ze elkaar aan.

"Rest ons alleen nog de schone taak om die tas te vinden," lachte Frits met een scheve grimas.

"Makkie!" grapte Klaas. "Wij zijn immers veel beter dan de

KGB! In ieder geval weten wij waar we moeten zijn. Ik stel
voor om wat collega's op te trommelen en de zaak daar eens
goed uit te kammen!"

Frits knikte grimmig en even later waren ze met drie auto's
onderweg naar het uitvaartcentrum.

De mensen van het centrum waren verbijsterd toen er zonder
aankondiging zes agenten in uniform naar binnen stormden,
gevolgd door de twee rechercheurs die meteen hun bevelen
gaven:

"Jullie, houd de achterdeur in de gaten, er mag niemand in
of uit! En jullie: inspecteer alle ruimtes, we zoeken dus een
aktetas. Mocht je 'm vinden dan breng je 'm gesloten, ik
herhaal, gesloten bij ons, begrepen? En u," naar de vrouw die
ook Reinier had bijgestaan bij Anne's begrafenis. "U gaat met
ons mee naar jullie kantoor. Daar willen we ook even kijken."

Lamgeslagen ging de vrouw de twee mannen voor en
nerveus probeerde ze hun vragen zo goed mogelijk te beantwoorden. Nee, ze hadden niet gemerkt dat Reinier daar was
geweest. Ze had dan ook geen flauw idee of hij alleen was
geweest of dat er anderen bij waren, laat staan dat ze zou
weten of die een vreemde taal spraken. Het kaartje van Anne
hadden ze niet gemist. Ze liet de lades zien waarin de kaartjes
werden bewaard en Klaas en Frits begrepen dat je tussen al die
kaartjes er eentje niet miste.

"Ik zie wel dat sommige kaartjes een rood stickertje
hebben," bromde Klaas terwijl hij zijn hand erover liet gaan.
"Waarom is dat?"

"Nou, op verzoek van Veilig Verkeer Nederland houden wij
bij hoeveel mensen er door een ongeluk zijn overleden,"

antwoordde de vrouw gespannen maar wel overtuigend. "Zij geven dat dan weer door aan het ministerie van Verkeer en Waterstaat. Daarom zit er op het kaartje van mevrouw Van 't Hof ook zo'n stickertje."

"En die extra datum achterop het kaartje?" sprak Frits scherp. "Wat betekent die? Ik mag toch hopen dat jullie niet twee keer met haar kist aan 't slepen zijn geweest!"

"Nee, natuurlijk doen we dat niet!" verzekerde de vrouw hem, nog steeds nerveus. "Kijk, we hebben hier de meest gangbare modellen kisten op voorraad. Maar mijnheer Van 't Hof wilde graag een rieten mand. Als de levertijd daarvoor krap is, halen we zo'n product soms zelf op bij de leverancier. Die datum is dus een geheugensteuntje voor onszelf dat een bestelling even gehaald moet worden. Ik hoop dat u dat wilt geloven. Ik bedoel, jullie hebben hier al vingerafdrukken afgenomen en nu dit weer. Wij zijn hier echt geen criminelen."

"Nou, dat zegt u nu wel," merkte Klaas scherp op. "Maar als je bedenkt dat mijnheer Van 't Hof nadat hij hier is geweest, door niemand meer is gezien, kunt u zich voorstellen dat ik mijn bedenkingen heb. Daarom wil ik toch graag zo'n bak met kaartjes meenemen voor nader onderzoek."

Hij haalde één van de bakken uit de la terwijl Frits de agenten verzamelde. Die hadden niets gevonden. Geen aktetas en ook niets anders wat er verdacht uit zag. Gefrustreerd door dit magere resultaat liepen Klaas en Frits terug naar hun auto. Door het raam zag de vrouw opgelucht hoe ze de bak met kaartjes op de achterbank zetten, instapten en wegreden.

Anne kon haar ogen niet geloven, maar het was toch echt zo: Bart had haar deur niet op slot gedaan en de sleutel in haar laadje gelegd. Kennelijk wilde hij haar niet langer beletten om op onderzoek uit te gaan. Het besef dat ze eindelijk antwoord op haar vragen zou krijgen, was opwindend en beangstigend tegelijk. Zenuwachtig bedacht ze hoe ze het zou aanpakken. Als eerste wilde ze op zoek gaan naar een kantoor om te zien of ze het adres van de kliniek kon achterhalen. Ze schatte in dat ze hiervoor op de benedenverdieping moest zijn. Daar was vast een soort van receptie met een kantoortje erachter zoals je in andere ziekenhuizen ook wel zag. En misschien was daar wel een telefoon, zodat ze Reinier kon bellen. Dit idee was zo overweldigend dat ze bij de gedachte alleen al begon te beven over haar hele lijf.

-Stop, Anne!- sprak ze zichzelf ferm toe. -Houd je kop erbij! Kijk eerst maar eens of je überhaupt kunt lopen.-

Voorzichtig zette ze haar gekwetste voet op de vloer. Gelukkig! De tape bood haar enkel voldoende steun en ze kon zich zonder al te veel pijn voortbewegen. Ongeduldig wachtte ze tot het donker was en glipte toen haar bed uit. Ze propte één van de kussens onder de deken zodat het leek of ze er nog in lag. Ze sloot haar deur vanaf de buitenkant af en gluurde de gang in. Deze was best lang met zowel links als rechts verschillende deuren van andere kamers. Zij had nummer negen zag ze en naast haar, waar vanochtend zoveel commotie was geweest, was nummer elf. Snel scande ze of ze zich ergens zou kunnen verbergen voor het geval iemand haar zou betrappen maar dat was niet het geval. Het was duidelijk: ze moest ervoor gaan!

Ze schuifelde zo snel ze kon de gang door en opende een glazen tussendeur aan het eind. Deze gaf toegang tot een soort vierkante hal. Zo te zien zat het gebouw niet heel ingewikkeld in elkaar. Het leek symmetrisch gebouwd en dat betekende dat het trappenhuis waarschijnlijk hier ergens in het midden zat. Ze zag een lift en ontdekte daarnaast inderdaad de deur naar het trappenhuis, waar een trap zowel naar boven als naar beneden leidde. Behoedzaam daalde ze de treden af tot ze de begane grond bereikte.

Hier was de hal meer open en ze zag inderdaad een balie met daarachter een kantoortje! Met bonzend hart glipte ze naar binnen. Ook in het weinige licht zag ze dat het er tiptop uitzag. Moderne stoelen, een bureau met daarop een printer, netwerkaansluitingen in de wand en een handige archiefkast. Minutieus onderzocht ze eerst het bureau maar ze vond niets van haar gading. Ja, een nietmachine, een bakje met pennen en meer van dat soort kantoordingen, maar dat was het dan. Geen telefoon, geen achtergebleven vellen op de printer. Ook in de archiefkast lag niets bijzonders. Het was meer een voorraadkast met verschillende soorten papier, geeltjes en enveloppen. Ze zuchtte van teleurstelling. Zo te zien werd hier alleen met laptops en mobieltjes gewerkt. Ze trok het laatste laadje nog even open, je wist immers maar nooit. In het laadje lag een powerbank. Hè, hè, eindelijk iets wat misschien handig kon zijn, al zou ze zo niet weten waarvoor ze hem zou kunnen gebruiken. Ze stak hem toch maar in haar zak en ging toen terug naar de hal.

Deze werd door het trappenhuis als het ware in tweeën gedeeld en aan beide kanten zag ze grote, dubbele deuren. Eentje moest je met een knop aan de muur bedienen zag ze en haar nieuwsgierigheid was gewekt. Ze liep erop af en drukte erop. Onmiddellijk zwaaiden de deuren open en ze zag een hoogwaardige operatiekamer. Langs de wanden stond moderne apparatuur, grote lampen hingen aan het plafond met daaronder twee smalle, brancardachtige bedden. Het raakte haar om dit te zien. Waarschijnlijk was ook zij hier geholpen die eerste dagen na haar ongeluk en ze moest toegeven dat ze haar, ondanks alles, altijd goed behandeld hadden. Uit respect en ook omdat de ruimte waarschijnlijk steriel was, ging ze niet naar binnen maar liep ze terug naar de hal. Eén kant had ze nu gezien, nu dan de andere. De deuren daar waren van hout, met van die mooie panelen zoals je in oude landhuizen ook wel zag. Anne hield van oude huizen en benieuwd naar wat ze zou aantreffen, drukte ze de deurklink naar beneden.

Tot haar verrassing leek ze een eeuw terug te stappen in de tijd. Ook hier was er één grote, open ruimte maar zo steriel en geavanceerd als het aan de andere kant was, zo verwaarloosd zag het er hier uit. Het pleisterwerk bladderde van de muren en het parket, ooit ongetwijfeld prachtig, was oud en versleten. Er stonden ouderwetse meubels, afgedekt met plastic hoezen en op de schilderijen aan de wand zag ze portretten van adellijk uitziende personen, waarschijnlijk ooit de eigenaren van dit pand. -Ze moesten eens weten- ging het door haar heen, beseffend dat dit alleen maar in stand werd gehouden om ongewenste bezoekers op het verkeerde been te zetten. Stel dat er ooit iemand tot dit gebouw zou doordringen en dit zou zien, dan zou niets, maar dan ook niets, erop wijzen dat dit een kliniek was waar dingen gebeurden die je op z'n minst bedenkelijk zou kunnen noemen. Ze bedacht dat ze hier niet te veel tijd moest verdoen. De tijd schreed voort en er viel vast nog meer te ontdekken!

Ze besloot terug te keren naar het trappenhuis. Terug naar boven had waarschijnlijk weinig zin. Maar hé, zag ze daar een beetje verstopt onder de trap, nu nog een deur? Op haar hoede liep ze erheen en voorzichtig, om geen geluid te maken, drukte ze de klink naar beneden. Een oude trap, de treden uitgesleten door het vele gebruik, leidde naar beneden. Ze kon alleen de bovenste treden zien, daaronder was het aardedonker. Ze aarzelde. Durfde ze wel verder te gaan? Het zag er bepaald onguur uit en wat zou daar nou nog te zien zijn? Maar haar nieuwsgierigheid won. Misschien was het wel zo'n soort van souterrain waar vroeger de bediendes hun werk deden zoals in die leuke Engelse tv-series. Ze daalde de trap af en hoe verder ze kwam, hoe bedompter het werd. De sfeer drukte op haar en ze merkte dat ze als vanzelf behoedzamer ging bewegen. Ze kwam inderdaad terecht in een souterrain.

Ze tastte langs de wand en ja, er zat een lichtknopje. Ze knipte het aan. Tot haar verbazing was het er heel groot, een hele extra verdieping, maar dan ondergronds. Kleine lampjes aan de muur zorgden ervoor dat ondanks het gebrek aan daglicht, je toch genoeg kon zien. Ook hier was de ruimte weer grofweg in tweeën gedeeld. Ze koos ervoor eerst links te kijken, de ruimte die zo'n beetje onder de operatiekamer lag. Ze kwam binnen in een soort van laboratorium. In grote, glazen vitrines zag ze reageerbuisjes, petrischaaltjes en microscopen. Lange werkbanken stonden langs de kant met daarboven open kasten om spullen weg te zetten en TL balken voor een goede verlichting. Ze schatte in dat hier toch wel zo'n zes mensen konden werken.

Ze liep wat verder de ruimte in en haar aandacht werd getrokken door een handige tafel in het midden van de ruimte. De bovenkant was van glas dat je eruit kon schuiven zodat wat in de tafel lag, beschermd was tegen vocht en stof. Nieuwsgierig boog ze zich erover en haar hart sloeg een slag over. Daar lagen de documenten van Pjotr! Ze herkende ze meteen, de Russische tekst, deels getypt, deels met de hand geschreven, de koffievlek op een van de bladen. En hé, dat was interessant, eronder bladen met daarop de Nederlandse vertaling. Haar blik schoot over de letters. Sommige fragmenten kwamen haar bekend voor omdat ze die zelf had kunnen ontcijferen. Maar grote delen waren ook nieuw voor haar. En onder haar ogen ontvouwde zich het verhaal waarvan ze onmiddellijk begreep waarom het zo belangrijk was. Het ging helemaal niet om een medicijn, zoals zij had gedacht. En waar het wel om ging, als dat écht zo zou zijn, was natuurlijk goud waard zoals Bart had gezegd. Niet alleen voor de kliniek, maar wat dacht je van de Russen zelf die er immers niet voor terugdeinsden om mensen als Navalny, Skripal en Aleksandr Litvinenko zonder enige scrupules om te leggen.

Even sloot ze haar ogen om alles te laten bezinken. Toen liep ze verder langs de werkbanken. Zo te zien was er al een poging gedaan om het gif te produceren. Ze zag schaaltjes met daarop stickers waarop ze de naam van de betreffende grondstof kon lezen. En, hé, een testrapport? Met trillende handen sloeg ze de map open. Ja, het vergif was getest las ze op een vrouw van 54 jaar, kamernummer elf. Maar... dat was de kamer naast de hare! En oh, dan was dat dus wat ze had gehoord! Die vrouw was daar dus heel erg ziek van geworden én overleden begreep ze want in de map zat ook een autopsierapport. Zakelijk stond daarin vermeld dat er wel degelijk restanten van het gif in het lichaam waren gevonden. Dat de eerste conclusie was dat het dus niet werkte zoals gesuggereerd maar dat er ook nog getest kon worden op een man, wellicht dat het dan anders zou uitpakken. Uitgeput van alle emoties legde ze de map terug en trillend op haar benen verliet ze de ruimte. En ze begreep dat haar oordeel jegens Bart wel heel hard was geweest. Hij had immers wel degelijk geprobeerd haar te waarschuwen en haar deze kans geboden. Ondertussen kroop de kou van deze ondergrondse ruimte in haar lijf en ze wilde nog maar één ding: weg van hier! Ergens moest er toch een deur naar buiten zijn die haar naar de vrijheid zou brengen.

Zo snel ze kon, liep ze terug naar de trap. Maar wat was dat! Haar hart bonkte ineens in haar keel van schrik want ze hoorde stemmen en: ze klonken akelig dichtbij! In paniek keek ze om zich heen. Kon ze zich hier ergens verstoppen? Misschien daar, in het gangetje aan de andere kant waar ze nog niet was geweest? De stemmen klonken al duidelijker maar het geluid kwam van boven. Ze had dus nog tijd!

Zo snel ze kon glipte ze het gangetje in. Daar was het aardedonker. Kennelijk was het lampje aan de muur kapot en het duurde even voor haar ogen aan de duisternis gewend waren. Ondanks de kou brak het zweet haar uit want ze zag dat er hier helemaal niets was waarin of waarachter ze zich zou kunnen verbergen. Weer hoorde ze de stemmen en nu ook voetstappen die tree voor tree naar beneden kwamen. Radeloos keek ze om zich heen en hé, zag ze het goed? Ja, aan het eind van het gangetje was een deur! Ze snelde erop af en zag dat het een speciale deur was, dik en zwaar als bij de kluis van een bank. Op de een of andere manier gaf het haar een unheimisch gevoel en een rilling trok over haar rug. Het voelde dat als ze daar naar binnen zou gaan, ze er nooit meer uit zou komen. De voetstappen kwamen nu echt haar kant op en ze besefte dat ze geen keus had. Met enige moeite duwde ze de deur open en glipte naar binnen.

Brrr, het was hier zelfs nog killer en even benam de kou haar de adem. Gelukkig brandden hier wel weer lampjes en gehaast liet ze haar blik rondgaan. Ze was in een soort van mortuarium beland. Langs één wand waren metalen deurtjes te zien, twee boven en vier naast elkaar. Op ieder deurtje zat een kaartje, waarschijnlijk met de gegevens van degene die er lag. Aan de andere kant hing een lang, wit gordijn dat door de tocht spookachtig heen en weer wiegde. Natuurlijk snapte Anne dat ieder ziekenhuis een mortuarium had. Maar nu ze de werkwijze van deze kliniek kende en wist dat hier onschuldige mensen lagen die eigenlijk door pure willekeur waren overleden, voelde het heel dubbel om hier te zijn.

De voetstappen kwamen nu het gangetje in en ze hoorde twee mannen zacht met elkaar praten. Onmiddellijk weer bij de les zocht ze gefocust naar een plek om zich te verstoppen. Daar dan maar besloot ze en ze glipte achter het gordijn. Snel scande ze de ruimte en ze zag een flink aantal plastic emmers en een grote diepvrieskist staan met daarnaast een metalen tafel. En, zag ze dat goed? Waren dat bloedsporen op de vloer?

Even leek het of ze flauw zou vallen maar ze hield haar hoofd erbij. Ze dook in een donker hoekje achter de diepvries, maakte zich zo klein mogelijk en wachtte met bonkend hart af. Net op tijd! Daar kwamen de mannen binnen.

"Even kijken hoor," zei de één. "Ze zouden het klaar zetten, begreep ik. Oh ja, hier!"

Anne hoorde dat ze het gordijn aan de kant schoven en nog dieper dook ze weg.

"Nou, mooie oogst!" bromde de ander met een tevreden klank in zijn stem. "Kijk maar: een hart, een lever, twee nieren, een netvlies. Oh, en daar staat nog meer. Super. En dit moet dus naar Strienen?"

"Yep!" antwoordde de eerste. "Vandaar wordt het met de helikopter naar z'n bestemming gebracht."

"Nou, laten we maar inladen dan," lachte de ander. "Wel handig, die gekoelde bolide van jou. Klantje eruit, emmertjes erin. Wie doet je wat!"

Anne hoorde ze een paar keer heen en weer lopen tot ze kennelijk alles hadden verzameld. Toen stierf het geluid weg.

Pas toen ze zeker wist dat het veilig was, kroop ze weer tevoorschijn en kwam overeind. Ze had de neiging om in de diepvrieskist te kijken maar besloot het niet te doen. Ze wist immers al wat ze daar zou vinden. Bovendien maakte het haar onrustig dat ze geen flauw idee had hoe laat het inmiddels was. Haar plan om een deur naar buiten te zoeken liet ze varen. Daar was nu geen tijd meer voor. Beter was het om te zorgen dat ze op tijd weer op haar kamer was.

Gehaast schoof ze langs de wand met de metalen deurtjes en puur bij toeval viel haar blik op één van de kaartjes. Haar adem stokte. Zag ze dat nou goed? Stond daar... Met moeite onderdrukte ze een schreeuw van afschuw en tranen sprongen in haar ogen. Met grote ogen staarde ze naar het kaartje en ja, ze had het toch echt goed gezien. Even wankelde ze en volledig uit het lood geslagen scande ze het deurtje. Ze zag grote, zware scharnieren en een soort van langwerpig handvat. Ah, daar moest je aan draaien en dan trekken om het te openen, begreep ze. Ze sloot haar ogen en haalde een paar keer diep adem. Wilde ze dit wel? Dúrfde ze dit wel? Toen sprak ze zichzelf moed in en met trillende handen opende ze de deur. Ze zag twee voeten, wit, rimpelig, bewegingloos. Het zag er bepaald luguber uit en ze moest bijna overgeven van de spanning. Met grote weerzin trok ze de lade naar voren en, al wilde ze eigenlijk niet, keek.

Hoewel hij er heel anders uitzag, met een groot litteken van boven naar beneden over zijn buik en zijn gelaatskleur grauw, zag ze meteen dat het Reinier was en dat hij overduidelijk niet meer leefde. Ze kneep haar ogen dicht en wenste dat dit alles een nachtmerrie was waaruit ze, wanneer ze haar ogen zou openen, weer zou ontwaken. Maar de werkelijkheid was hard en onverdraagzaam. Tranen rolden over haar wangen want ze begreep dat hij dus inderdaad had gevoeld dat zij contact met hem had gezocht en haar was gaan zoeken. En had gevonden!

Teder streelde ze zijn gezicht en ze drukte een kus op zijn koude lippen. Toen schoof ze met tegenzin de la weer dicht, wetend dat ze hem waarschijnlijk nooit meer zou zien. Nog even streek ze, als een soort van afscheid, met haar hand over het deurtje. Toen klom ze volledig in shock en met slepende passen de trap weer op naar haar kamer.

Nadenkend staarde Klaas voor zich uit. Hoewel het een mooie dag was en hij eigenlijk zou moeten genieten van zijn nieuwe terras bij de poel waar enkele eenden druk bezig waren een nestje te maken, was zijn aandacht er niet bij. Op de één of andere manier kwamen ze maar niet verder in de zaak van Reinier van 't Hof en dat hield hem bezig. De ervaring leerde dat hoe langer iemand vermist was, hoe moeilijker het werd om diegene nog te vinden. De kans dat hij niet meer leefde of zich ergens in het buitenland ophield, werd steeds groter en dat zou kunnen betekenen dat ze deze zaak op een gegeven moment zonder resultaat zouden moeten sluiten. En daar paste Klaas voor. Hij was iemand die niet makkelijk opgaf. Liever beet hij zich ergens in vast tot hij wist hoe het zat. Dat dit nu maar niet lukte, frustreerde hem enorm.

Ze hadden de bak met kaartjes minutieus doorgespit en nog meer kaartjes met een extra datum gevonden. Allen hadden, net als het kaartje van Anne, een rode sticker. Ze waren bij enkele families die het betrof langsgegaan. Twee van hen hadden bevestigd dat ze een kist hadden besteld waarvan de levertijd een probleem zou kunnen zijn. De anderen gaven aan dat hen niet was verteld of de kist wel of niet op voorraad was, wat natuurlijk niet automatisch wilde zeggen dat de vrouw van het centrum had gelogen. Ook was hen verder rondom de uitvaart niets bijzonders opgevallen. Sterker nog: de meesten waren zeer tevreden over de manier waarop alles was verlopen. Wel gaf een enkeling aan dat ze het jammer hadden gevonden dat de kist gesloten was gebleven omdat hun geliefden, zoals werd gezegd, niet toonbaar waren. Maar ook dat kwam nu eenmaal voor en zei op zich niets. Al met al had niemand iets verklaard wat de al dan niet terechte verdenking op het centrum kon bevestigen of ontkrachten.

Het posten bij het centrum had ook niets opgeleverd. Meteen na hun bezoek hadden Frits en hij zowel overdag als 's nachts het centrum een poosje onopvallend in de gaten gehouden. Ze hadden bezoekers zien komen en gaan en lijk-auto's op gepaste snelheid zien langskomen. Een paar keer waren ze deze gevolgd en ze waren zonder uitzondering keurig naar een begraafplaats of crematorium gereden. Ook na de uitvaart waren ze weer netjes teruggekeerd, zonder een opvallende omweg of rare route te hebben gekozen. Een tweede bezoek aan het ziekenhuis, waarbij ze nogmaals navraag hadden gedaan naar de aktetas had ook niets opgeleverd.

Klaas zuchtte diep. De hele situatie verlamde hem en het maakte dat hij zelfs geen zin had om te schilderen. En de gedachte om gewoon lekker met pensioen te gaan drong zich ook vandaag weer in alle hevigheid op. Op de één of andere manier had hij het gevoel dat hij werd ingehaald door de tijd en dat zijn ouderwetse veldwerk niet meer voldeed om een zaak tot een goed einde te brengen. Zo had Frits toestemming gevraagd aan de rechter-commissaris om de telefoon van Reinier uit te peilen en te kijken wanneer hij voor het laatst had gepind. Nieuwe snufjes waaraan Klaas geen moment had gedacht om ze in te zetten maar die natuurlijk wel wezenlijke informatie konden opleveren. En met name dat laatste zat hem dwars. Was het daarom toch niet beter om er maar eens een punt achter te zetten?

Niemand zou er vreemd van opkijken. Hij had zijn sporen meer dan verdiend en hij werd wat dat betreft ook altijd gerespecteerd. Wanneer ze op zijn afscheidsreceptie aan zouden komen met dat gouden horloge en mooie woorden zouden spreken dat ze hem zo zouden missen, was dat ook echt gemeend daar twijfelde hij niet aan. Maar toch... het gevoel dat hij het allemaal niet meer kon bijbenen overheerste en zelfs zijn intuïtie, waar hij vroeger altijd blind op voer, leek hem in de steek te laten. Hij voelde dat hij keuzes moest gaan maken. Het was toch van den zotte dat hij dit huisje had gekocht om er volop van te genieten en dat hij nu nog de hele tijd met zijn werk bezig was in plaats van lekker te gaan schilderen. Hij zuchtte nogmaals en stond toen met tegenzin op. -Eerst een kop koffie dan maar,- bedacht hij en hij slofte naar de keuken. Toen ging de bel.

Verbaasd keek hij op. Visite? Wie zou dat kunnen zijn? Hij liep naar de deur en opende deze. Op de stoep stond een wat oudere man, zo tegen de zeventig schatte Klaas. De man zag er gedistingeerd uit en had een grote presente, als iemand naar wie geluisterd werd en die in zijn werkzame leven vast een belangrijke leidinggevende functie had gehad. Hij had zijn fiets tegen de muur gestald en uitnodigend stak hij zijn hand naar Klaas uit.

"Goedemiddag, mijnheer Blok. U kent mij niet maar ik ben Jaap Grevelingen, eigenaar van het landgoed hier dichtbij. U heeft dit huisje van mij en mijn zoon gekocht. Ik was een fietstochtje aan het maken en dacht: kom, ik ga even langs om kennis te maken. Hopelijk schikt het u?"

Verrast keek Klaas op.

"Kijk, dat vind ik nou leuk!" reageerde hij oprecht en hij drukte de mans hand. "Klaas Blok, aangenaam. En ja hoor, het schikt. Ik wilde net koffie gaan zetten. Wilt u misschien ook?"

Uitnodigend deed hij de deur wat verder open.

"Nou, dat sla ik niet af!" lachte Grevelingen en hij stapte naar binnen.

Daar liet hij zijn blik door de ruimte gaan.

"Zo, u heeft het hier al aardig voor elkaar!" zei hij goedkeurend. "En buiten ook al het nodige gedaan zie ik. Fijn hoor. Kijk, daar kwam ik zelf echt niet aan toe. En dan kun je beter de knoop doorhakken en ergens afstand van doen. Wel met pijn in het hart moet ik zeggen want wie zou er nu niet verliefd worden op dit huisje. Maar goed, soms gaat het zo in het leven. Keuzes, keuzes..."

"Tja, dat is inderdaad niet altijd makkelijk," beaamde Klaas met een grimmige glimlach. "Soms denk ik ook dat ik bepaalde keuzes eerder had moeten maken. Ach ja, als je ouder wordt en je kijkt terug dan lijkt het altijd makkelijker, maar om het dan ook echt te doen valt niet altijd mee, toch? Wilt u melk of suiker in de koffie?"

"Nee, zwart graag," antwoordde Grevelingen. "En zullen we buiten gaan zitten? Het is zulk mooi weer. Dan kan ik meteen uw tuin bewonderen."

"Nou, zo mooi is die nou ook weer niet," bromde Klaas een beetje beschroomd. "Maar als je bedenkt hoe het was dan is het wel al veel beter, dat klopt."

Hij schonk de koffie in en nam de twee mokken mee naar buiten.

"Ik zie dat u de poel al behoorlijk vrij heeft gemaakt," complimenteerde Grevelingen hem. "Klopt het nou wat hoorde ik van mijn beveiligingsdienst? Dat jullie hier een auto in het water hebben gevonden?"

Klaas knikte.

"Ja, dat was een rare situatie. Ik ben rechercheur zoals u denk ik wel weet en we onderzoeken momenteel een vermissing. En laat de auto van die persoon nou hier in de poel liggen! Is dat geen merkwaardig toeval? Helaas heeft het voor het onderzoek niets opgeleverd. De auto was zo goed als leeg en we hebben verder geen aanknopingspunten gevonden. Maar we zoeken door. Het moet toch lukken om deze zaak op te lossen. Dus als u iets ziet of hoort..."

"Dan laat ik het u zeker weten!" antwoordde Grevelingen. "Hoewel de kans dat ik u verder kan helpen niet zo groot is. Nu ik gepensioneerd ben, woon ik niet meer in de buurt. Ik heb een mooi appartement in de Randstad op de kop kunnen tikken. Nieuwbouw, dus ik kon er zo in. Ik had gedacht dat ik in een gat zou vallen nu ik niet meer werk, maar niets is minder waar. Ik vind het heerlijk om mijn eigen gang te gaan en geen rekening meer te hoeven houden met alles en iedereen. Het is dus echt een uitzondering dat ik vandaag hier ben. Mijn zoon wilde iets met mij bespreken over het hotel. Maar ik zal hem hierover inseinen, dan kan hij ook een oogje in het zeil houden."

"Dat hoorde ik van de notaris inderdaad, dat uw zoon hier een hotel wil beginnen," knikte Klaas. "Lukt dat allemaal? Jullie zijn bezig de financiering rond te krijgen, begreep ik."

"Ja, klopt," beaamde Grevelingen. "En daar komt nu eindelijk wat schot in. Het heeft even geduurd vanwege mijn...

verleden. Ik had gehoopt dat dat geen rol zou spelen maar op de een of andere manier blijft dat mij maar achtervolgen. Ik weet niet of de notaris daar ook iets over heeft verteld?"

Klaas schudde zijn hoofd.

"Nee, die was zeer discreet. Het enige wat ik weet is dat u in uw werk stelling heeft genomen tegen praktijken waar u het niet mee eens was en dat dit u uiteindelijk uw baan heeft gekost."

Grevelingen knikte.

"Dat klopt, al is het een erg summiere samenvatting van de jaren van ellende die daaraan vooraf zijn gegaan. Het begon eigenlijk toen bij mijn zwager de ziekte van Waldenström, een vorm van lymfeklierkanker, werd geconstateerd. Ik werkte toen als hoofd afdeling Interne geneeskunde in het Spittaal hier in Strienen. Als arts ben je vaak op de hoogte van nieuwe ontwikkelingen. Zo had ik ooit iets gelezen over een nieuwe behandelmethode die ze in Amerika al jaren gebruiken. Het komt erop neer dat ze in het laboratorium cellen van de patiënt zelf veranderen en deze vervolgens terugplaatsen om de kankercellen te doden. Ik heb voorgesteld om deze methode ook in Nederland te introduceren. Nou, toen begon de ellende!"

"Hoezo dat?" vroeg Klaas verbaasd. "Als het zich in Amerika bewezen heeft, zou je toch zeggen: we gaan ervoor!"

"Ja, zo naïef was ik ook," reageerde Grevelingen wrang. "Maar zo simpel is het dus niet. Want ineens komen er dan allerlei belangen om de hoek kijken. Mannetjes die er iets van moeten vinden, zeg maar. En daar zijn we in Nederland dus heel goed in. Procedures die in andere landen drie maanden in beslag nemen, duren hier soms jaren. En niemand weet waarom. Er zijn best veel mensen die daarom voor behandeling naar het buitenland gaan. Duitsland, België of zoals wij Amerika. Daar komt een nieuw medicijn vaak veel sneller op de markt dan hier. Wij hebben de regelgeving zo dichtgetimmerd dat we eigenlijk de hele gezondheidszorg op slot hebben gezet. Weet u, ik had gehoopt met Covid-19, toen iedereen met man en macht probeerde een vaccin te ontwikkelen, de regels zouden versoepelen. Maar we hebben gezien hoe het ging: toen de eerste proeven succesvol bleken, schoten de beurskoersen de lucht in. En wie profiteerden daar het meest van? De directeuren van de farmaceutisch bedrijven zélf die waarschijnlijk met voorkennis aandelen hadden gekocht. En toen puntje bij paaltje kwam, heeft het nog maanden geduurd voordat het vaccin voor iedereen beschikbaar was omdat de politiek zich er zo nodig mee moest bemoeien. Eigen volk eerst, ja, ja. Dat is toch een schande! Als een vaccin op de markt komt, dan moet dat toch voor iedereen in de wereld voorhanden zijn. En niet dat de sterkste, of nog erger de rijkste, wint!"

Gefrustreerd streek hij zijn haar naar achteren en Klaas verbaasde zich dat het hem na al die jaren nog zo hoog zat.

"Ik zie dat u zich nog steeds erg betrokken voelt," zei hij zacht. "Ik denk dat ik dat ook wel kan begrijpen want u bent waarschijnlijk vaak tegen dit soort praktijken aangelopen. Hoe is het trouwens met uw zwager afgelopen? Heeft hij die behandeling nog wel gekregen?"

"Ja, maar niet hier," antwoordde Grevelingen bitter. "We zijn er dus inderdaad voor naar Amerika geweest. Dat ging niet zonder slag of stoot want zo'n behandeling met alles erop en eraan, reiskosten, verblijf, noem maar op, kost toch zo'n slordige half miljoen euro. En dat geld moesten we binnen een paar weken zien op te hoesten, omdat anders de kanker te veel terrein zou winnen, zeg maar. Maar met crowdfunding en heel veel hulp van vrienden is het gelukt."

"Wauw, wat mooi!" reageerde Klaas enthousiast. "En zijn jullie lang in Amerika geweest?"

Grevelingen schudde zijn hoofd.

"Nee, helemaal niet. Na een week was al duidelijk dat de behandeling aansloeg. Al met al waren we na drie weken al weer thuis. Vanaf dat moment zag ik het als mijn missie om iets te doen aan de regelgeving hier. Om medicijnen sneller beschikbaar te krijgen. Om nieuwe behandelingen sneller toe te kunnen passen. Maar die strijd was gedoemd te mislukken. De farmaceutisch industrie heeft zoveel macht en mensen waarvan ik dacht dat ik ze kon vertrouwen, lieten me vallen als een baksteen. Uiteindelijk ontstond er zoveel controverse rondom mijn persoon dat de directie niet anders kon doen, zoals zij het verwoordden, dan mij ontslaan."

"Nou zeg, wat een verhaal!" verzuchtte Klaas. "Ik heb wel met u te doen. Kijk, als politie komen wij natuurlijk ook wel met dit soort situaties in aanraking. En je ziet dan inderdaad hoe star sommige systemen zijn. Als alleenstaande klokken-luider trek je dan toch vaak aan het kortste eind. Jammer hoor, want daardoor blijven zaken soms maar doormodderen terwijl het wel eens goed zou zijn ergens flink de bezem door te halen. Maar goed..."

Hij nam een slok koffie en even viel er een stilte.

"Wat fijn dat u zo begripvol bent," zei Grevelingen tenslotte en hij voegde eraan toe: "Hoewel u nu ook weer niet moet denken dat het alleen maar negatief heeft uitgepakt. Na mijn ontslag ben ik door diverse mensen benaderd die aangaven het wel degelijk met mij eens te zijn en die me ook financieel hebben gesteund. Dat heeft me in staat gesteld om toch weer op te krabbelen en op een gegeven moment iets te gaan doen waar ik achter kon staan. En met mijn zwager gaat het goed, hij is volledig genezen verklaard."

"Ah, dat is fijn om te horen," glimlachte Klaas. "Alleen wel jammer dat diegenen het niet eerder voor u hebben opgenomen. Zo zie je maar dat mensen toch bang zijn voor hun eigen hachje en dan hun nek niet durven uit te steken. Ach ja... that's life zullen we maar zeggen."

Weer viel het even stil. Beide mannen waren in hun eigen gedachten verdiept.

"Wilt u anders nog een kop koffie?" verbrak Klaas de stilte. "Dan haal ik wel even de kan."

"Ja, lekker!" knikte Grevelingen.

Klaas stond op en verdween om de hoek van zijn huisje. Gespannen keek Grevelingen hem na en zodra Klaas uit het zicht was, haalde hij gehaast een flesje uit zijn zak. Met een snelle beweging draaide hij het dopje open terwijl hij met zijn andere hand naar Klaas' mok reikte.

"Ach, ik kan beter de mokken even meenemen, dat is handiger dan met de kan heen en weer lopen," hoorde hij ineens Klaas' stem achter zich en zo snel hij kon, stopte hij het flesje terug in zijn zak.

Klaas pakte de mokken van tafel en verdween weer. Grevelingen vloekte hartgrondig. Zo'n kans zou zich niet snel weer voordoen en toen Klaas terugkwam met de koffie kostte het hem moeite zijn frustratie te verbergen. Dan maar over op plan B en dat was er in ieder geval achter zien te komen hoeveel de beste man nu eigenlijk wist.

"En, hoe gaat het nu verder met jullie onderzoek?" vroeg hij daarom, de draad van het gesprek weer oppakkend. "Zijn jullie nog iets van plan, zijn er nog ideeën?"

Klaas haalde zijn schouders op.

"Eerlijk gezegd zitten we op een dood punt. Ik denk dat het afwachten wordt of er zich misschien nog iets voordoet. Vaak is dat wel zo hoor, iets wat klein lijkt maar wat uiteindelijk toch tot de oplossing leidt. Dus ik houd de moed er maar in."

"Dat lijkt me dan het beste inderdaad!" lachte Grevelingen en enigszins gerustgesteld dronk hij zijn mok leeg.

Toen stond hij op.

"Dan ga ik maar weer. Dank voor de gastvrijheid en voor de koffie. Fijn om u even ontmoet te hebben. En wie weet komen we elkaar nog wel een keer tegen."

Hij deed zijn fiets van het slot en haalde een pakje cigarillo's voor de dag.

"Ik weet het, slechte gewoonte..." excuseerde hij zich terwijl hij er eentje opstak. "Maar ach, zijn niet alle geneugtes van het leven slecht?"

"Ik zeg niks," bromde Klaas goedmoedig. "Al geef ik zelf de voorkeur aan een biertje."

Grevelingen stapte op en Klaas zag hem verdwijnen achter het struikgewas. -Goeie vent- dacht hij. -Moedig en een door-zetter. Zo zouden er meer moeten zijn, mensen die proberen het leven een beetje beter te maken.- Fluitend waste hij de mokken af en met nieuw élan haalde hij zijn kwasten en verf voor de dag om een nieuw schilderij op te zetten.

Anne wist niet hoe het haar was gelukt om weer op haar kamer te komen. Ze was in shock en als in een waas was ze de trappen opgerend. Puur op gevoel was ze de juiste deuren doorgegaan om zich uiteindelijk onder haar dekens te verstoppen.

Nu ze voor haar gevoel veilig was, kwamen de emoties los en ze huilde met lange, gierende uithalen. Haar schouders schokten en de tranen liepen over haar wangen tot ze geen tranen meer over had. En een groot gevoel van verlatenheid overviel haar. Nu ze wist dat Reinier niet meer zou komen om haar te halen, leek haar leven ineens zinloos. Want hoe moest het nu verder? Iedereen in de buitenwereld dacht dat ze dood was. Niemand zou haar komen zoeken. Ze wist nog steeds niet waar ze was. Dat alles maakte dat ze volledig was overgeleverd aan de grillen van de dokters hier. En dat was niet bepaald een geruststellende gedachte.

Als een bolletje rolde ze zich op, haar armen om haar knieën en apathisch staarde ze voor zich uit. Ze kon niet meer denken, alles was leeg. Ze was leeg en op, zowel fysiek als mentaal. Niets kon haar meer schelen. Zo vond Bart haar en zijn hart brak toen hij haar zo, als een angstig vogeltje, zag zitten.

"Anne?"

Hij boog zich over haar heen en legde bezorgd een hand op haar schouder.

"Anne, gaat het?"

Ze gaf geen antwoord.

"Anne? Ik ben het, Bart. Gaat het?"

Weer kwam er geen antwoord en ongerust keek hij naar haar lege blik. Hij begreep dat ze inderdaad op onderzoek was uitgegaan en dat ze kennelijk iets had gezien wat haar zo had geschokt dat dit het resultaat was. Hij voelde zich bijna bezwaard dat hij haar deur had opengelaten want dit was natuurlijk niet wat hij voor ogen had gehad. Hij had haar antwoorden gegund, inzichten zelfs misschien. Maar zeker niet dit. Heel even aarzelde hij maar toen ging hij naast haar zitten en legde zijn arm om haar schouders.

"Ach meisje, wat is dit nu toch," zei hij liefdevol en hij streek een pluk haar aan de kant zodat hij haar gezicht kon zien.

En zacht, bijna teder, vervolgde hij: "Ik weet niet wat je hebt gezien dat je zo heeft doen schrikken. Maar wat het ook was, het is mijn schuld. Ik dacht dat je eraan toe was om meer te weten te komen. Je bent zo'n geweldige vrouw. Sterk en niet snel klein te krijgen. Slim en doortastend. Daarom dacht ik dat je misschien begrip voor ons werk zou kunnen opbrengen. Maar blijkbaar heb ik me vergist. Dat spijt me. Vergeef me, alsjeblieft."

Zijn woorden drongen zo te zien wel tot haar door want ze richtte haar blik op hem maar haar stem klonk ijskoud toen ze zei:

"Ja, je hebt je inderdaad vergist. Zoals je ziet ben ik helemaal niet zo sterk en slim en doortastend en weet ik wat allemaal nog meer. Maar wat veel erger is: jij bent gewoon net als al die anderen hier, die zomaar mijn Reinier de dood in hebben gejaagd! En wat zei je? Dat ik misschien begrip voor jullie zou kunnen hebben? Hoe kom je op het idee! Nee, weet je wat jij moet doen? Maak mij ook maar dood. Want wat heeft het allemaal nog voor zin? Er is toch niemand die nog naar mij op zoek zal gaan. Ze denken toch allemaal al dat ik dood ben. En wie weet beteken ik dan nog iets voor een ander, hoe mooi is dat. Ja toch, dat is toch hoe jullie ernaar kijken?"

Weer huilde ze, maar nu waren het stille tranen die langzaam hun weg over haar wangen naar beneden zochten. Bart wist niet wat hij moest zeggen. Ze hield hem een enorme spiegel voor en beschaamd draaide hij zijn hoofd af. En alle twijfels van de laatste tijd kwamen weer keihard binnen. Hij zuchtte diep en besefte dat hij er niet langer meer mee weg kwam. Hij moest kiezen. Koos hij voor zijn idealen? Of koos hij voor... haar. Sterker dan ooit voelde hij hoeveel ze voor hem betekende. Dat maakte de keus ineens heel gemakkelijk.

"Anne, luister," zei hij, haar zacht bij haar kin pakkend en haar hoofd naar hem toedraaiend zodat ze hem wel aan moest kijken. "Anne, je hebt natuurlijk helemaal gelijk. En ik begrijp dat je nu heel boos en verdrietig bent. Maar ik laat je niet zakken. Jij zei dat er niemand meer aan je denkt, maar dat is niet zo. Ik... geef om je. En ik hoop dat je wilt geloven dat ik niets, maar dan ook niets te maken heb met de dood van je man. Sterker nog, het schokte mij ook toen ik erachter kwam wie hij was. Hij moet een geweldig persoon zijn geweest. Hij is de eerste die het is gelukt om hier binnen te dringen. Hij moet erg veel van je gehouden hebben dat hij zoveel moeite heeft gedaan om je te vinden. Misschien kun je dat voor ogen houden en die andere, nare beelden proberen te vergeten."

Hij sloeg nu ook zijn andere arm voorzichtig om haar heen

en vervolgde, haar indringend aankijkend:

"Ik snap dat je je gedachten nog niet op orde hebt, dat is logisch. Maar je moet nu even heel goed naar me luisteren, oké? Ik heb iets ontdekt. Iets wat jou op korte termijn... in gevaar kan brengen. Ik zag de lijst voor transplantaties en... ze hebben jouw naam erop gezet. Zodra er een aanvraag binnenkomt met jouw bloedgroep dan..."

Hij maakte zijn zin niet af maar Anne wist meteen wat hij bedoelde. Een rilling ging over haar rug en in een flits zag ze alles weer voor zich: Reinier, de littekens op zijn lichaam, de emmertjes en de diepvries. Bart zag haar wanhoop en beschermend trok hij haar tegen zich aan.

"Luister!" zei hij nogmaals indringend en zacht, zodat ze zou begrijpen dat dit echt alleen voor haar oren bestemd was, fluisterde hij: "Je hebt nog een kans! Ik hoorde bij toeval dat de beveiliger die altijd het hek bewaakt, volgende week dinsdag stiekem eerder weg gaat vanwege een feestje. Ik ben de enige van het personeel die dat weet. En ik ga je helpen! Ik heb een pasje om het hek te openen. Ik breng je tot aan het hek en laat je eruit. Vandaar kun je naar het dorp hier in de buurt lopen. Durf je dat, denk je?"

Verwachtingsvol keek hij haar aan maar Anne kon zijn woorden niet zo snel verwerken. Verward schudde ze haar hoofd. Had ze het nou goed gehoord? Wilde hij haar helpen ontsnappen? Daar kwam het wel op neer, begreep ze en een grote opwinding maakte zich van haar meester. Zou dat echt kunnen? Na al die weken, maanden... hieruit komen? Maar... Bart zelf dan? Hij bleef toch niet hier?

"Ja, ik denk wel dat ik dat durf!" knikte ze opgewonden. "Ik heb immers niets te verliezen. Maar jij gaat toch wel mee?"

Gespannen keek ze hem aan en ze zag dat hij aarzelde.

"Nou zeg, daar hoef je toch zeker niet over na te denken!" reageerde ze verbluft. "Ik zie het aan alles. Jij wilt hier ook niet blijven. Je bent ook veel te goed om hiermee door te gaan. Ik denk dat ik begrijp waarom je er ooit voor hebt gekozen om hier te gaan werken, maar jij ziet nu toch ook wel in dat hier een zieke geest achter zit. Dat dit totaal uit de hand is gelopen."

Ze legde haar hand op zijn arm en even hielden hun blikken elkaar vast. -Ik geef om je- had hij gezegd en ze besefte dat ze ook om hem gaf. Niet zoals ze om Reinier gaf natuurlijk. Maar wel in de zin van dat ze wilde dat het hem goed ging.

"Beloof me dat je er over zult denken!" hield ze aan. "Echt, jij hoort hier niet!"

Bart knikte weifelend. Hij realiseerde zich maar al te goed dat als hij naar haar zou luisteren en dit zou doorzetten, dat het einde van de kliniek zou betekenen met alle gevolgen van dien voor iedereen die er werkte... Was dat wel wat hij wilde? En wat zou het hem opleveren? Zouden hij en Anne in een leven hierna, als er hierna nog een leven was, nog wel contact houden? Of zouden ze ieder huns weegs gaan en zette hij wat dat betreft onnodig alles op het spel. Hij stond op en zei, nog steeds aarzelend:

"Ik beloof niets, maar ik zal erover nadenken, oké?"

Anne knikte opgelucht. Met deze reactie was ze al heel blij! En ze had nog tot dinsdag. Het zou haar vast lukken om hem voor die tijd over te halen.

Die dag zag ze Bart echter niet meer en ook de volgende ochtend kwam een andere verpleger haar ontbijt brengen.

"Hé, ik dacht dat Bart vandaag dienst had?" vroeg ze een tikkeltje ongerust. "Of is hij vrij vandaag?"

De verpleger haalde zijn schouders op.

"Geen idee," antwoordde hij, terwijl hij het blad op haar nachtkastje zette. "Deze dienst stond op mijn rooster, verder weet ik het ook niet."

Hij verdween weer en Anne hoorde hoe hij haar deur op slot draaide. Hm, vreemd... dacht ze peinzend. Dit was serieus de eerste keer dat ze Bart meer dan twee diensten niet had gezien. Op de één of andere manier voelde dat niet goed. Natuurlijk nam hij wel eens snipperdag maar dan vertelde hij dat van te voren. Het was heel ongebruikelijk dat ze nu van niets wist.

Met lange tanden at ze haar ontbijt, ondertussen piekerend wat er aan de hand zou kunnen zijn. Had iemand misschien ontdekt dat hij haar wilde helpen ontsnappen? En hadden ze hem daarom op non-actief gesteld of zo... als het niet erger was! Oeh, deze gedachten voelden heel slecht en een angstig voorgevoel bekroop haar. Het zou toch niet zo zijn dat de hele situatie hem nu ook in gevaar had gebracht? Ineens begreep ze beter waarom hij zo weifelend had gereageerd op haar voorstel om mee te gaan. Ze had kunnen weten dat dit natuurlijk niet zomaar geaccepteerd zou worden.

Onrustig kwam ze overeind van haar bed. Wat was nu wijsheid? Wachten tot hij weer zou opduiken? Of nog een keer op onderzoek uitgaan met alle risico's van dien? Dat laatste betekende in ieder geval wachten tot de avonddienst weg was, eerder durfde ze haar kamer niet uit. Ze wikte en woog haar opties en hakte toen de knoop door. Nee, ze kon niet doelloos wachten op wat er zou gebeuren. Ze maakte zich immers niet voor niets zoveel zorgen. Ze moest op z'n minst gaan kijken of er niets met hem aan de hand was. Voordeel was dat ze nu de weg kende en dus snel kon handelen.

Ze wachtte tot in de avond de klok elf uur aangaf. Pas toen opende ze haar deur en sloop de gang door, de trap af naar beneden. De eerste keer had ze daar, grenzend aan de hal, het kantoor en de operatiekamer ontdekt. Maar ze herinnerde zich dat er nog een kamer was geweest waar ze toen niet had gekeken. Op de één of andere manier voelde ze dat ze daar moest zijn. Zo zacht ze kon stak ze de hal over en voelde aan de deur. Shit, die zat dicht! Even was ze uit het veld geslagen. Toen haalde ze haar sleutel voor de dag. Ze deed een schietgebedje en stak met bevende handen de sleutel in het slot. Tot haar grote opluchting zag ze dat hij paste en gehaast duwde ze de deur open.

En daar was Bart. Hij zat met touw vastgebonden aan een radiator, zijn mond afgeplakt met tape. Ze haastte zich naar hem toe. Met een flinke ruk trok ze het plakband los en bevrijdde hem uit zijn benarde positie. Hij slaakte een trillende zucht van verlichting.

"Anne, meisje toch!" fluisterde hij ontroerd. "Ach, je moest eens weten hoe blij ik ben om jou te zien!"

Anne zag tranen in zijn ogen en even kreeg ze het zelf ook te kwaad.

"Hoe lang zit je hier al?" vroeg ze geschokt, ondertussen met bevende handen het touw los makend, wat nog niet zo eenvoudig ging. "En ben je in orde? Ze hebben je toch niets toegediend hè! Toe, zeg dat alles goed is!"

"Geen zorgen, ik ben oké," antwoordde hij geruststellend. "Een dagje afkoelen leek mijn baas voor nu voldoende. Maar oh, ik was zo bang, zo bang! Niet voor mezelf, begrijp me goed. Maar voor jou! Ze hebben een match met jou gevonden bij een donor-aanvraag en je staat voor morgen op de lijst voor de OK! Dus we moeten hier weg, nú!"

Ontzet keek Anne hem aan. Wat zei hij daar... Dat ze op de lijst stond voor de OK? Weer zag ze Reinier, de littekens, zijn koude, levenloze gezicht. En ze besefte wat een enorm geluk ze had gehad. Want wat als ze niet naar Bart op zoek was gegaan... dan was alles zomaar afgelopen geweest! Even sloot ze haar ogen om dit vreselijke besef te laten bezinken. En een groot gevoel van onrust overviel haar. Want wat nu! Ze moesten hier weg, dat was duidelijk, maar hoe? Gelukkig nam Bart doortastend het voortouw. Hij trok haar overeind en ging haar voor de hal door, de trap af naar het souterrain en daar via een andere trap, die ze tijdens haar nachtelijke zoektocht nog niet had ontdekt, naar buiten. Anne wist niet wat haar overkwam. Dit was de eerste keer in weken dat ze de frisse wind door haar haren voelde gaan en dat emotioneerde haar.

"Luister!" fluisterde Bart indringend, haar zo bij de les houdend. "Ze hebben mij mijn pasje en mobiel afgenomen. We kunnen dus niet door de poort. Ik denk dat we daarom het beste naar het tuinhuisje kunnen gaan, volgens mij ligt daar een ladder. Dat is op dit moment de enige manier die ik kan verzinnen om over het hek te komen!"

Hij pakte haar hand en trok haar mee. Hij had er een behoorlijk tempo in waardoor ze hem nauwelijks kon bijhouden. Takken van struiken sloegen om haar benen en soms in haar gezicht. De tuin was groot zo te zien want het duurde best lang voor ze tegen de nachtelijke hemel de contouren van het tuinhuisje voor zich zag. Alleen nog een strook gras oversteken en ze zouden er zijn.

Toen, ineens, liet Bart zich plat op de grond vallen, haar ruw met zich meetrekkend en ze voelde zijn hand op haar mond. Niet begrijpend stootte ze hem aan maar hij legde zijn vinger tegen zijn lippen en wees:

"Kijk daar, aan het huisje! Een camera! Dat moet pas sinds kort zijn want die heb ik echt nog niet eerder gezien!"

Hij zuchtte diep.

"Shit, daar had ik niet op gerekend. Ik moet even schakelen hoor. Even kijken wat we nu het beste kunnen doen."

Anne knikte en bleef doodstil liggen terwijl Bart koortsachtig nadacht. En tot hun afgrijzen hoorden ze opeens zacht, maar onheilspellend duidelijk, voetstappen die langzaam maar zeker dichterbij kwamen. Met grote ogen keken ze elkaar aan en wanhoop maakte zich van hen meester. Nee toch! Was hun ontsnapping echt nu al ontdekt? De stappen klonken steeds luider en ineens, van het een op het andere moment, baadde de tuin in een fel, verblindend licht. Anne kneep haar ogen tot spleetjes. In het licht zag ze heel duidelijk, niet ver achter het tuinhuisje, het hek. Het was hoog, veel hoger dan ze had verwacht en de moed zonk haar in de schoenen. Hoe zouden ze daar ooit overheen komen! En ook zag ze waar het licht vandaan kwam. Een beveiliger liep langs het hek met zo te zien een professionele zaklamp die de politie ook wel gebruikte. De lichtbundel was enorm en hij liet deze afwisselend langs het hek en door de tuin schijnen. Nog platter drukten ze zich tegen de grond en ze prezen zich gelukkig dat ze nog in het struikgewas lagen. Nu zwenkte het licht hun kant op en het zweet brak hen uit. Tergend langzaam gleed de lichtbundel over hen heen en Anne hield haar adem in. Ze greep Barts hand en kneep deze bijna fijn van spanning. Nog steeds bleef het licht op hen rusten en Anne hoorde, ze wist het zeker, de voetstappen dichterbij komen tot ze zijn schoenen vlak voor haar neus zag. Een groot gevoel van onmacht overviel haar. Ze waren ontdekt! Dit was het einde, het was gewoon over en uit voor hen allebei. Want nu zou hij vast zijn telefoon voor de dag halen om versterking te regelen en ze zouden komen om haar en Bart mee te nemen om.... Ja, om wat met hen te doen? In paniek keek ze op naar de man die groot en dreigend boven haar uit torende. Hij keek op haar neer en hun blikken kruisten elkaar. Anne voelde haar hart in haar keel bonken. Hij had haar nu zeker gezien dus hij moest iets doen! Maar nee, ze begrepen er niets van, de lamp zwenkte weg en de beveiliger liep door, hen achterlatend waar zij lagen.

"Hoe kan dat!" fluisterde Bart verbijsterd. "Snap jij dat? Hij zag ons en toch laat hij ons gaan... Daar snap ik echt helemaal niks van. Maar goed, laten we er ons voordeel mee doen! Het duurt minstens een uur voor hij weer langskomt, als hij zich niet bedenkt tenminste... En we zijn al vlakbij ons doel! Als we zo met een bocht gaan, blijven we uit het zicht van de camera. En blijf laag hè!"

Plat over de grond schuivend en met een omtrekkende beweging, staken ze het grasveld over en glipten het tuinhuisje in. Er kwam net genoeg licht van buiten om rond te kunnen kijken. Het eerste wat Bart deed, was de kabel van de camera lostrekken. En ja, daar lag de ladder. Een zucht van verlichting ontsnapte hen.

"Kom, we pakken hem!" sprak Bart gehaast maar Anne was erbij gaan zitten en wreef met een pijnlijk gezicht over haar enkel.

"Heel even rusten, oké?" verzuchtte ze, voorzichtig rondjes draaiend met haar voet.

"Oh ja, sorry!" knikte Bart meelevend. "Ik heb helemaal niet meer aan je enkel gedacht! En even kan wel, denk ik."

Hij liet haar met rust en keek om zich heen of er hier misschien nog meer van hun gading te vinden was. Hij onderzocht de werkbank en betastte de vloer. En daar, hij kon het bijna niet geloven, lag vlak voor zijn neus een mobieltje. Zijn hart maakte een sprongetje van vreugde. Hoe was het mogelijk! Hoe kwam dat ding daar nou?! Gehaast pakte hij het toestel en bracht het naar Anne.

"Anne, kijk eens wat ik gevonden heb! Geen flauw idee hoe dat ding hier is beland maar nu kunnen we iemand bellen!"

"Wow, ja!" knikte Anne opgetogen.

Met trillende handen van opwinding nam ze het toestel van hem aan en haar hart sloeg een slag over. Zag ze het goed? Was dit niet de mobiel van Reinier? Tranen schoten in haar ogen. Ja, het kon niet missen, ze herkende dit hoesje uit duizenden. Sterker nog: ze had het hem zelf voor zijn verjaardag gegeven. Speciaal besteld op de Feyenoord fan-site omdat deze niet in de winkel te koop waren. In een flits begreep ze dat hij hier dus ook was geweest, misschien ook wel om zich te verbergen en dat het toestel kennelijk uit zijn zak was gevallen.

Met trillende vingers drukte ze op het aan-knopje. Wat een mazzel! Ze kende immers de toegangscode. Maar er gebeurde niets. Het scherm bleef zwart. Wanhopig probeerde ze het nog een keer maar zonder resultaat en het zweet brak haar uit. Verdorie, waarom deed dat ding het nou niet! Ze zuchtte van teleurstelling tot -hè, hè,- bedacht ze. De batterij! Die was natuurlijk leeg. Hoe simpel kon het zijn!

"De accu is leeg..." verzuchtte ze spijtig. "Maar... wacht!"

Ze voelde in haar zak en haalde de powerbank tevoorschijn. Jemig, wat een geluk dat ze die toch maar had meegenomen! Ze sloot hem aan en zag meteen het batterijtje oplichten. Yeah, hij deed het!

"Nou," zei ze, met enige tegenzin overeind komend. "Laten we dan nu maar proberen om over dat hek te komen, dan kan deze ondertussen opladen. En dan bellen we daarna voor hulp. Oh, ik vind het wel doodeng! Je moet me helpen hoor!"

"Natuurlijk help ik je!" verzekerde Bart haar geruststellend.

Samen sleepten ze de ladder naar buiten. Deze was zwaarder dan ze hadden gedacht en slechts met moeite lukte het hen om hem tegen het hek te zetten. Angstig keek Anne omhoog. Erop zou wel lukken maar hoe kwam ze in vredesnaam aan de andere kant weer naar beneden.

"Wacht, ik weet wat!" fluisterde Bart en hij verdween weer in het schuurtje.

Al snel was hij terug.

"Kijk wat ik heb! Dit touw maak ik vast aan de bovenrand en dan kunnen we ons aan de andere kant naar beneden laten zakken! Gaat dat lukken denk je?"

"Ik heb geen keus, toch?" grijnsde Anne zenuwachtig. "Ga jij anders maar eerst, dan kan ik zien hoe jij dat doet."

"Ja oké, maar alleen om het touw vast te maken. Daarna kom ik terug om jou te helpen. Je zit natuurlijk toch met die enkel... Maar komt goed!"

Hij hing het touw om zijn nek en klom voorzichtig de ladder op. Langzaam zag Anne hem in het donker verdwijnen.

De volgende dag ging Klaas, zij het met tegenzin, toch maar weer naar zijn werk. Hij haalde zijn espresso en keek bij Frits om het hoekje. Maar diens kantoor was leeg. Hij stak zijn hoofd om de deur bij de kamer ernaast en vroeg:

"Weten jullie waar Frits is? Heeft hij een snipperdag of zo?"

Zijn collega keek op.

"Frits? Die heeft toch die ICT training vandaag? Je weet wel: die demo van die nieuwe tool om meer planmatig te werken. Moet jij daar trouwens ook niet naar toe?"

"Geen idee," antwoordde Klaas oprecht. "Maar ik zal mijn mail zo even checken of ik een uitnodiging heb gehad."

Hij nam zijn koffie mee naar zijn eigen plek en drukte de computer aan. Hij spitte door zijn mail maar kwam nergens een uitnodiging voor de training tegen. -Zie je wel- dacht hij een beetje gekwetst. -Ze vinden het zelf ook niks voor mij, dat moderne gedoe. Ach, ook wel fijn, kan ik wat nuttigs doen-.

Hij ging naar zijn Postvak In en zag dat de uitslag van Reiniers telefoon en bankpas binnen waren. Met enige spanning klikte hij het rapport open. Zijn ogen vlogen over de letters en hij las dat Reinier voor het laatst bij een pinautomaat in Strienen geld had gehaald. Het was een normaal bedrag geweest, passend in zijn gebruikelijke patroon. Dus het idee dat hij misschien een groot bedrag had opgenomen omdat hij iets bijzonders van plan was, konden ze laten varen.

Dan zijn telefoon. Deze was voor het laatst gepeild in de buurt van het uitvaartcentrum. Klaas focuste op de datum: negen weken na het ongeluk van Anne. Dit kwam overeen met wat de huisarts had verteld. Dat Reinier rond die tijd bij hem was gekomen met het idee dat Anne nog zou leven. Misschien was dat dan de dag geweest dat hij zich in het kantoor van het centrum had laten insluiten en het kaartje had meegenomen... Al met al gaf dit dus ook geen nieuwe inzichten.

Moedeloos schoof Klaas zijn toetsenbord aan de kant en met een zucht haalde hij zijn broodtrommel voor de dag. Zonder er echt van te genieten kauwde hij zijn boterhammen op. En hij bedacht wat hij zou gaan doen. Misschien een beetje opruimen... Zo eens in de zoveel tijd was dat wel nodig want ook nu zag zijn kamer eruit als een archief waarin zelfs de archivaris niet meer wist waar hij wat moest zoeken.

Hij haalde een leeg kratje uit de postkamer om alles wat door de versnipperaar kon in te doen en begon zijn papieren te sorteren. Oeps, het was wel erg dit keer. Hij kwam paperassen tegen die al meer dan twee jaar oud waren... Misschien moest hij toch eens afleren, zoals Frits al zo vaak had gezegd, om alles te printen.

Zo vond Frits hem in de middagpauze: zittend op de grond met stapels ordners, papier en andere rommel om zich heen.

"Zo collega, aan de schoonmaak?" grapte hij.

"Ach ja, ik dacht laat ik maar vast beginnen," zei Klaas met een scheve grimas. "Anders zit mijn opvolger er maar mee in zijn maag."

"Je opvolger?" reageerde Frits verbaasd. "Waar heb jij het nou over? Doe normaal man!"

"Nou, misschien moeten we het er toch even over hebben,"

antwoordde Klaas echter ernstig en Frits zag dat het hem menens was. "Heb je nu tijd?"

Frits knikte verbluft.

"In mijn kantoor dan maar?" stelde hij voor en hij liep voor Klaas uit.

Deze volgde hem en sloot de deur achter zich.

"Nou, laat maar horen," verzuchtte Frits. "Wat is er aan de hand."

"Ach, weet je," stak Klaas van wal. "Ik merk gewoon dat nu ik wat ouder word, het me niet meer zo makkelijk afgaat allemaal. Ik weet niet, je wordt minder flexibel of zo. Niet meer zoveel zin in nieuwe dingen, wat trager misschien. Jij weet ook dat ik in het verleden vaak degene was die een zaak een andere wending wist te geven. Puur op ervaring of intuïtie. Dat ik zei: goh jongens, misschien moeten we hier eens naar kijken. En dat het dan inderdaad tot de oplossing leidde."

Frits knikte instemmend.

"Zeker, dat is heel vaak jouw toegevoegde waarde en dat wordt ook door iedereen gewaardeerd."

"Nou, maar juist dat gevoel, dat ik van toegevoegde waarde ben, dat mis ik de laatste tijd," bekende Klaas openhartig. "Neem nou de zaak van Anne en Reinier. We komen maar niet verder. En dat komt ook omdat mijn intuïtie me volledig in de steek laat op het moment. Kijk, ik denk nog steeds dat Anne nog leeft. We hebben het daar ook over gehad. Maar het helpt ons dit keer geen steek verder. En dat frustreert me. Daarom heb ik zoiets van: misschien moet ik er maar gewoon mee ophouden. Vervroegd met pensioen of zo. En dan lekker van m'n huisje genieten. Beetje schilderen, beetje wandelen. Wie doet je wat!"

Verbouwereerd keek Frits hem aan. Schilderen? Een beetje wandelen? Dat was toch niks voor Klaas. Ja, als vrijetijdsbesteding misschien. Maar meer toch niet. Hij zuchtte diep. Werken zonder Klaas... hij kon het zich gewoon niet voorstellen. Ze waren al zoveel jaren een team. En niet zo maar een team, maar een hecht team. Dat kon je gerust uniek noemen.

"Ik weet niet zo goed wat ik moet zeggen," zei hij zacht. "Behalve dan dat ik denk dat je een verkeerd besluit dreigt te nemen. Kijk, ik baal ook heel erg van deze zaak. We komen inderdaad niet verder. Maar dat ligt toch niet aan jou. En we hebben in het verleden wel vaker zaken gehad die muurvast zaten. Misschien moeten we gewoon wat meer geduld hebben. Uiteindelijk komt het goed, daar ben ik van overtuigd. Er doet zich altijd iets voor waardoor zo'n zaak kantelt, dat weet jij ook: iemand die gewetenswroeging krijgt of een fout maakt. Zo gaat het altijd. Bovendien zal ik je heel erg missen. Ik wil gewoon niet dat je ermee ophoudt. Denk er anders nog eens over na. Al doe je het maar voor mij."

Klaas schokschouderde.

"Dat heb ik natuurlijk al gedaan," bromde hij. "Dit komt heus niet zomaar uit de lucht vallen. Maar goed: voor jou wil ik dat wel doen."

Hij stond op en met zijn figuur een beetje verlegen voegde hij eraan toe:

"Ik laat je dan nog wel weten hoe of wat. En tot ik definitief heb besloten, werk ik gewoon door natuurlijk."

Hij draaide zich om en stortte zich weer op de rommel in zijn kantoor. Deze bezigheid was in ieder geval een goede afleiding voor alles wat er door zijn hoofd ging. Aan het eind van de middag had hij drie kratten afval verzameld, zijn ordners opnieuw ingericht en op volgorde in de kast gezet en ook op de computer zijn bestanden netjes in de goede mapjes gezet. Toen had hij er meer dan genoeg van. Hij keek op zijn horloge. Zes uur al! Hij bedacht dat hij niets te eten in huis had en hij had ook geen zin om nog naar de winkel te gaan. Maar geen nood: daarvoor hadden ze immers Bady!

Hij trok zijn jas aan, draaide de deur op slot en besloot eerst een eindje om te lopen. Even de wind om zijn kop en terugkijken op het gesprek met Frits. Hij moest toegeven dat diens woorden hem hadden geraakt. Het was goed om te horen dat hij nog steeds gewaardeerd werd. Frits had zelfs gezegd dat hij hem zou missen. Eerlijk gezegd bracht dat hem wel aan het twijfelen. Na al die jaren die ze samen hadden geploeterd, voelde het idee dat hij alleen nog maar in zijn huisje zou zitten om een beetje te schilderen, best raar. Al met al werd het ommetje een fikse wandeling en zijn maag knorde toen hij eindelijk bij Bady naar binnen stapte.

"Ha die Klaas!" begroette Bady hem joviaal. "Hé, wat zie ik, ben je alleen? Waar is je alter ego? Jullie hebben toch geen ruzie, mag ik hopen."

Klaas schoot in de lach. Hè, wat heerlijk was dat toch, dat die malle Bady er altijd was om de boel een beetje te relativeren. Dat had hij soms echt even nodig.

"Ruzie? Nee joh, dat hebben Frits en ik toch nooit! Wel eens een meningsverschil maar dat hoort erbij. Nee, hij heeft één of andere ICT training waar ik niet voor uitgenodigd ben. Prima, ik heb het toch niet zo op al dat moderne gedoe. Doe maar gewoon, dan doe je al gek genoeg zei mijn moeder altijd en ze had gelijk. Zeg, heb je de koffie klaar? En mag ik de kaart? Ik heb nog niet gegeten."

"Komt eraan!" knikte Bady en even later stond de koffie voor Klaas' neus op de bar.

Klaas bestelde een patatje met een bal gehakt en terwijl de frietjes in de pan zaten, praatten ze gezellig bij. Klaas vertelde dat hij al lekker was opgeschoten met het opknappen van zijn huisje en Bady liet vol trots weten dat zijn dochter was geslaagd voor de Havo en nu in Groningen ging studeren. Al met al werd het een genoeglijke avond. De dominostenen kwamen voor de dag en andere gasten zorgden tot in de kleine uurtjes voor een spannende partij darts. Toen ging Klaas' mobiel.

"Sorry Bady," verontschuldigde hij zich en met een kort: -Ja, hallo...- nam hij zijn telefoon op.

Bady zag een grote emotie op zijn gezicht verschijnen en verbluft keek hij toe hoe Klaas zonder enige uitleg zijn zaak uit rende. Verbouwereerd keek hij hem na. Toen haalde hij hoofdschuddend zijn kasboek maar weer voor de dag. Het moest toch niet gekker worden! Nu ging hij er weer vandoor zonder te betalen! Hij noteerde, naast het bedrag dat nog open stond van de vorige keer, de kosten van vandaag. Nou kende hij zijn pappenheimers dus hij wist dat het wel goed kwam. Maar leuk, nee, dat was het niet altijd.

Vaardig had Bart het touw aan de bovenrand van het hek vastgebonden. Het hing nu aan de andere kant naar beneden en opgewonden keken ze ernaar: hun weg naar de vrijheid.

"Kom!" fluisterde Bart. "Jij eerst, ik ondersteun je. Je kunt dit, oké?"

Anne knikte en met haar lijf trillend van spanning zette ze haar voet op de eerste sport van de ladder. Stapje voor stapje klom ze naar boven. Gelukkig was het donker, zo kon ze niet zien hoe hoog het wel niet was. Ze voelde de geruststellende aanwezigheid van Bart achter zich en dat gaf haar een prettig gevoel van veiligheid.

Ze was nu bijna bovenaan de ladder en ze zag de bovenkant van het hek voor zich. Ze ademde diep want nu kwam het engste: ze moest één been over de rand slaan en dan het touw pakken.

"Rustig aan," hoorde ze Barts bemoedigende stem. "Ik help je. Toe maar, dan geef ik je een zetje."

Hij ondersteunde haar bips waardoor het haar vrij eenvoudig lukte om op het hek te komen. Ze lag nu op de rand en het idee dat ze er bijna was, gaf haar vertrouwen. Ze pakte het touw, sprak zichzelf moed in en sloeg nu ook haar andere been over de rand. Met haar voeten als steuntje tegen de spijlen liet ze zich langzaam, iedere keer haar handen verplaatsend, aan de andere kant naar beneden zakken.

"Goed zo, ga door!" moedigde Bart haar aan. "Geweldig meid, je bent een kanjer. Ik ben trots op je!"

Zijn woorden steunden haar en voor haar gevoel best snel kon ze haar voeten op de grond zetten. Haar hart bonsde van opwinding. Het was gelukt! Nu Bart nog. Ze keek omhoog en zag dat hij ook al op de rand zat. Maar in plaats van zich te laten zakken, probeerde hij de ladder om te gooien. Op zich slim, want op de grond zou hij minder opvallen. Maar het kostte hem moeite en, wat erger was, tijd. Tijd die ze niet hadden.

"Bart!" fluisterde ze indringend. "Laat maar zitten, joh! We moeten hier weg."

"Ik weet het!" fluisterde hij terug. "Ik probeer het nog één keer, oké?"

Hij boog zich iets verder naar voren en duwde met kracht tegen de ladder. Ja, met een bijna sierlijke boog viel hij om en plofte in het gras. Anne slaakte een zucht van verlichting. Mooi, dat was gelukt en eigenlijk best snel. Gelukkig maar, want ze moesten hier nu echt weg.

Ze keek toe hoe Bart het touw vastpakte en zijn tweede been over de rand sloeg. Maar -nee!- wat gebeurde daar? Haar adem stokte in haar keel van schrik en vol afschuw sloeg ze haar handen voor haar gezicht. Op de een of andere manier was het touw losgeraakt van het hek en in shock zag ze hoe Bart van grote hoogte naar beneden viel. Vlak voor haar voeten smakte hij op de grond, het touw naast zich. Geschokt liet Anne zich op haar knieën vallen.

"Bart? Bart! Gaat het?"

Er kwam geen reactie.

"Bart, hoor je me? Gaat het wel?"

Er kwam weer geen reactie en hij bewoog ook helemaal niet. Tranen schoten in Anne's ogen. Dit kon toch niet waar zijn! Hij was toch niet... net nu ze er eindelijk uit waren! Wanhopig boog ze zich over hem heen. Gelukkig! Hij ademde nog wel en ze zag zo geen verwondingen al lag hij wel in een vreemde, kromme houding. Ze schoof haar arm onder hem door en probeerde hem overeind te krijgen. Na alles wat hij voor haar had gedaan, zou ze hem hier zeker niet achterlaten. Al moest ze hem dragen, ze liet hem hier niet alleen! Toen voelde ze een trilling in haar broekzak.

Met bevende handen haalde ze Reiniers mobieltje voor de dag en het bekende Android poppetje verscheen op het scherm. Goddank, nu kon ze hulp inroepen! Met trillende vingers gaf ze de code in en drukte 112. Onmiddellijk had ze iemand aan de lijn.

"Alarmcentrale, goedendag. Wilt u doorverbonden worden met politie, ambulance of brandweer?" klonk een vriendelijke vrouwenstem aan de andere kant.

Het feit dat ze na al die tijd van isolatie zo maar en zo snel met iemand van buiten de kliniek in contact stond overweldigde Anne en tranen van ontroering schoten in haar ogen. Verward hakkelde ze:

"Ik eh..., ik..."

Haar stem brak en ze begon te huilen.

"Mevrouw?" hoorde ze. "Wij gaan u helpen hoor. Alles komt goed. Als u me eerst eens zegt wie u bent..."

De vriendelijke stem maakte dat ze weer wat tot rust kwam en ze antwoordde:

"Ik ben Anne... Anne van 't Hof."

"Anne van 't Hof, prima. Ik ga even voor u kijken, klein

momentje!"

Ze hoorde de vrouw iets typen op een toetsenbord en daar klonk haar geruststellende stem al weer.

"Mevrouw Van 't Hof? U staat hier in het systeem hoor. Blijft u aan de lijn dan verbind ik u door met de politie. Niet ophangen hè!"

Ze hoorde een zachte klik en slechts enkele seconden later werd de telefoon al weer opgenomen.

"Politie, met Duursema. Met Anne? Anne van 't Hof?"

Een zucht van opluchting ontsnapte haar. Ze wist niet hoe, maar kennelijk kende deze man haar.

"Ja, met Anne," sprak ze gehaast. "Oh mijnheer, u móet me helpen. We zijn ontsnapt maar ik heb geen idee waar we zijn. En Bart is van het hek gevallen en hij lijkt... bewusteloos. Hij reageert nergens op en kan niet zelf lopen. En ik moet hier weg want die bewaker komt zo weer langs maar het lukt me niet om Bart te dragen. Maar ik kan hem hier toch niet achterlaten? Wat moet ik nou..."

Ze huilde weer en Frits hoorde haar wanhoop.

"Anne, luister!" reageerde hij met ferme stem. "Ik stap nú in de auto op weg naar ons bureau. Daar ben ik binnen een minuut. En ik ga ons gesprek doorzetten naar een groeps-gesprek met mijn collega Klaas, oké? Als jij dan ondertussen je locatie deelt via WhatsApp dan weten we zo waar je bent. Maar wel ook aan de lijn blijven hè!"

Hij reed met gierende banden weg, ondertussen het gesprek doorschakelend naar het toestel van Klaas. Die hoorde onmiddellijk dat er iets bijzonders aan de hand was want Frits' stem klonk gejaagd en Klaas kon zijn opwinding bijna lijfelijk voelen.

"Klaas, waar ben je? Wat zeg je, bij Bady? Nu nog...? Nou ja doet er niet toe, je ben in ieder geval dichtbij. Hé, je moet onmiddellijk naar het bureau komen! Ik heb Anne van 't Hof hier aan de lijn. Als het goed is kan zij jou ook horen. Ze belde 112. Gelukkig staat ze in ons systeem en kwam ze bij mij uit. Verder weet ik nog niets. Ik ga nu kijken of ik haar locatie kan achterhalen. Ja toch Anne? Lukt dat via WhatsApp?"

"Eh ja, nee..." reageerde Anne warrig en Klaas' hart sloeg een slag over nu hij zomaar haar stem hoorde en wist dat ze dus inderdaad niet dood was.

"Je weet wel hoe dat moet, via WhatsApp?" vroeg Frits terwijl hij probeerde geduldig te blijven. "Bij het paperclipje hè en dan je locatie delen."

"Ik... ik... weet niet... ja, ik weet wel hoe het moet maar... ik zie geen WhatsApp en... we moeten hier weg! Zo meteen komt die bewaker weer langs en ik weet niet of hij ons nog een keer laat gaan! En wat moet ik met Bart... die kan ik hier toch niet alleen laten?"

Klaas had ondertussen de deur van Bady achter zich dichtgetrokken en terwijl hij met grote stappen richting bureau liep, nam hij het gesprek van Frits over.

"Anne?" zei hij doortastend. "Met Klaas Blok, collega van Frits. Niet ophangen hè! Blijf aan de lijn. Wij gaan je helpen. Laat dat WhatsApp maar zitten, wij kunnen met een ander programma ook je locatie peilen en Frits gaat dat regelen. Dus we weten zo waar je bent. Of weet je zelf waar je bent?"

Wanhopig schudde Anne haar hoofd.

"Ja, nee... ik ben bij... de kliniek. Ja, bij de kliniek."

"Bedoel je het ziekenhuis?" vroeg Klaas verbaasd. "Het ziekenhuis in Strienen? Nee toch, dan had ik dat geweten."

"Nee, niet in Strienen. Ergens... in een bos. Ik weet niet waar. Er zijn hier alleen maar bomen en een zandpad, als een... bospaadje. En we zijn over het hek geklommen maar Bart is gevallen. En... oh shit!!!"

Klaas hoorde ineens een blinde paniek in haar stem.

"Oh shit, ik hoor honden in de verte. Oh shit! Dus die bewaker heeft toch versterking gehaald. Oh, wat moet ik nou?"

Klaas kon haar angst door de telefoon heen voelen en hij begreep dat hij het heft in handen moest nemen.

"Anne, luister!" sprak hij haar streng toe. "Jij gaat nu doen wat ik zeg, begrepen? Jouw eigen veiligheid staat nu voorop. En als jij denkt dat je daar niet veilig bent, dan ga je er nú vandoor, hoor je! Jij gaat er nú vandoor en je zorgt voor jezelf, oké! Er zijn al collega's onderweg en die zullen voor Bart zorgen. Maar jij gaat nú voor jezelf zorgen. Dus wegwezen daar! En houd je telefoon aan!!"

Anne knikte. Ze was blij dat die man zo duidelijk zei wat ze moest doen, ook al voelde het heel verkeerd om Bart zo maar te laten liggen. In de verte klonk weer geblaf. Het leek niet dichterbij te komen en ze besefte dat ze nog tijd en dus een kans had. Heel even streelde ze Bart over zijn hoofd.

"Ze komen je helpen hoor!" fluisterde ze indringend, hopend dat hij haar kon horen.

Toen draaide ze zich met pijn in haar hart om en rende weg het bospad af, weg van die vreselijke plek. Het licht van de telefoon zorgde dat ze vrij gemakkelijk haar weg kon vinden en de angst gaf haar vleugels. Na enige tijd bereikte ze het eind van het hek en dat alleen al gaf haar een vreemd gevoel van vrijheid. Ze rende en rende en rende. Klaas hoorde aan haar hijgende ademhaling dat ze er inderdaad vandoor was gegaan en hij moedigde haar aan:

"Goed zo, Anne! Ga door! En blijf aan de lijn hè!"

Ze knikte en bleef rennen, haar pad verlichtend met de telefoon. Ondertussen was Klaas bij het bureau aangekomen. Aan de balie vond hij Frits en de agent van de nachtdienst die het peilprogramma meteen na Anne's telefoontje had gestart.

"En...?" vroeg hij gespannen maar Frits schudde balend met een -nog niet- zijn hoofd.

"Ik heb wel al een ambulance geregeld," meldde de agent. "En ik heb contact gehad met het traumateam. We kunnen als het nodig is een helikopter uitsturen. Ook staan er drie wagens van de straatdienst paraat die assistentie kunnen verlenen."

"Goed bezig, collega!" bromde Klaas tevreden en hij zette zijn telefoon op de speaker zodat de twee anderen konden meeluisteren. Ze hoorden de rennende voetstappen van Anne en haar hijgende ademhaling.

Ze liep nog steeds op een soort van onverhard bospad, donker en verlaten. Maar ze werd moe. Moe van de spanning, moe van het rennen. Haar enkel begon ook weer op te spelen en ze besefte dat ze dit niet lang meer zou volhouden. Ze stopte en bedacht dat ze misschien beter nog een keer WhatsApp kon proberen te vinden. Ze zocht tussen de apps en -Oh shit!- zag ze ineens. Ze had nog maar twaalf procent batterij. En de powerbank was nu natuurlijk ook leeg.

"Mijnheer Blok?"

"Ja?" meldde Klaas zich onmiddellijk.

"Mijn telefoon! Hij valt zo uit ben ik bang. De batterij is bijna leeg. En dan... weet u niet waar ik ben."

"Geen paniek!" stelde Klaas haar gerust. "We weten het zo, denk ik. Doe anders de verlichting uit en zet het scherm op nachtstand, dat scheelt."

"Oh ja, tuurlijk!" mompelde Anne en met trillende handen deed ze wat hij had gezegd.

'Ping' klonk het vanuit het peilprogramma en Klaas en Frits schoten overeind. Op het scherm zagen ze langzaam Anne's locatie oplichten. Klaas boog zich dichter naar de computer toe en vloekte toen hartgrondig.

"Shit!" gromde hij woedend. "Godsamme, wat stom! Dat ik me zo in de maling heb laten nemen! Me door die beveiliger zand in de ogen heb laten strooien. Jemig Klaas Blok, wat ben jij een ongelofelijke lul!"

Hij pakte zijn telefoon en zei grimmig:

"Anne? We weten waar je bent hoor! En we komen naar je toe. Dus houd vol, we zijn zo bij je."

Hij sprong overeind.

"Kom Frits, we gaan! Rij jij? Dan kan ik contact met Anne houden."

En tot de agent: "Stuur zoveel mogelijk wagens die kant op, zonder sirenes! En die ambulance voor die jongen!"

De man knikte.

"Komt goed! En ik blijf op mijn post dan kunnen we snel schakelen als het moet! Dus ga maar gauw!"

Met piepende banden koos Frits doelbewust de route naar Klaas' huisje en binnen een kwartier waren ze op de plek waar Anne zou moeten zijn. Met gedimde lampen reden ze langzaam langs het pad en ja, daar zagen ze de contouren van een persoon in de berm. Klaas haastte zich uit de auto.

"Anne?"

Tranen van opluchting gleden langs Anne's wangen.

"Oh, mijnheer..."

"Blok," zei Klaas en hij knielde naast haar neer. "Gaat het?"
Ze knikte.

"Ja, nu wel. Oh, wat ben ik blij u te zien! Maar hé, wat is dat allemaal?"

Ze keek naar het pad waar nu nog meer auto's aan kwamen rijden en onbewust kromp ze in elkaar.

"Niet schrikken, dat zijn mijn collega's," zei Klaas en hij legde beschermend zijn hand op haar schouder. "Dus niets aan de hand, oké? Maar Anne, je moet ons nu wel even helpen. Vertel: wie is Bart. En waar is hij? Dan kunnen we hem eerst in veiligheid brengen. En we zijn ook al een poos op zoek naar je man, Reinier. Moeten we ook naar hem uitkijken misschien?"

"Bart is... een van de verzorgers uit de kliniek. Hij heeft me geholpen. Hij is eigenlijk een soort van... vriend. Hij ligt bij het hek, verder die kant op. Ik weet niet hoe ver... ik heb werkelijk geen idee hoe ver ik ben gelopen. En Reinier is dood... Ik weet niet waar hij nu is, misschien nog in het mortuarium of dat zo'n lijkwagen hem heeft opgehaald... ik weet het niet."

"Maakt niet uit, daar komen we nog wel achter," bromde Klaas grimmig. "Kijk, daar is de ambulance al. Ik stuur ze meteen die kant op. En kom, jij moet hier niet blijven zitten. We hebben een fijne warme deken in de auto. Wacht, ik help je overeind."

Hij ondersteunde haar en samen liepen ze naar de auto. Dat ging nog niet zo makkelijk want Anne kon bijna geen gewicht meer op haar enkel verdragen. Maar het lukte en Klaas installeerde haar op de achterbank, de deken om haar heen, waarna hij geruststellend naast haar kwam zitten.

"Anne, je zult wel heel moe zijn en ik zie dat je veel last hebt van je voet. Daarom lijkt het me goed om even langs een dokter te rijden zodat die ernaar kan kijken, vind je dat goed? Ik stel voor om naar je eigen huisarts gaan, die ken je en je weet dat je hem kunt vertrouwen. Maar eerst moet je ons vertellen wat er allemaal is gebeurd na je ongeluk zodat wij weten wat we moeten doen, oké?"

Anne knikte en ze vertelde alles. Hoe ze na haar ongeluk in de kliniek wakker was geworden. Dat ze daar gevangen werd gehouden omdat ze wilden dat ze zou helpen bij het onderhandelen met Rusland over de verkoop van een patent dat ze volledig onbewust uit Moskou had meegenomen. Dat ze alleen nog maar leefde omdat ze Russisch kende. Dat ze anders vast al dood was geweest omdat ze in die kliniek experimenten uitvoerden met ongeteste medicijnen en dat veel patiënten daardoor waren overleden. En dat haar man Reinier slachtoffer was geworden van de illegale donorpraktijken die daar ook gebezigd werden.

Geschokt luisterden de twee mannen toe. Tjongejonge, het mocht een wonder heten dat ze hier nog redelijk in orde bij hen zat, al zagen ze dat ze door alles bijna aan het eind van haar latijn was. En ze begrepen dat ze nú moesten handelen.

Zoals beloofd stond hun collega paraat om instructies uit te voeren en binnen een half uur ramde een ME-bus het hek waarna een grote overmacht aan politieauto's het terrein opreed. Op aanwijzing van Frits legden ze een cordon rondom het gebouw zodat er niemand kon ontsnappen. Een arrestatieteam voerde een tiental medewerkers af naar het bureau. En het traumateam vloog enkele verplegers in om het vaste personeel te vervangen, tot duidelijk was hoe de patiënten eraan toe waren. Voor de directeur, die helaas niet aanwezig was, werd een aanhoudingsbevel uitgevaardigd en zowel de

bestuurder van het uitvaartcentrum als de heer Demmers van
't Spittaal werden van hun bed gelicht. Het was nu wel
duidelijk dat zij op z'n minst medeplichtig waren.

Via de autotelefoon kreeg Anne alles mee en doodmoe maar
intens dankbaar luisterde ze naar alle ontwikkelingen. Ook
kregen ze een berichtje van de ambulancebroeders dat Bart
buiten levensgevaar was en dat het naar omstandigheden goed
met hem ging. Hij had een zware hersenschudding en bot-
breuken, maar zoals het er nu naar uitzag, zou het allemaal
goed komen.

Rond half vijf rondde de politie het werk voor dat moment
af, had Anne's huisarts haar voet verzorgd en had Klaas haar
naar haar ouders gebracht die overgelukkig waren om haar
zomaar weer te zien. De autoradio gaf vijf uur aan toen hij
eindelijk doodop naar huis reed.

Klaas had geen poging meer gedaan om nog wat te slapen. Dat de oplossing van alles al die tijd letterlijk bij hem om de hoek had gelegen en dat hij dat niet door had gehad, irriteerde hem mateloos. Zijn stemming was dan ook ver beneden peil toen hij zich 's morgens al vroeg weer meldde op het bureau.

Die nacht nog had hij telefonisch contact gehad met notaris Jonk die hem zijn huisje had verkocht. Na enig aandringen had deze hem het adres van Grevelingen gegeven en een Rotterdams arrestatieteam had de man in zijn appartement aangehouden en voor verhoor overgebracht naar Strienen.

Klaas haalde zijn koffie en liep bij Frits naar binnen. Hij was gespannen. Hij realiseerde zich dat er veel van het verhoor zou afhangen. De gearresteerde personeelsleden hadden die nacht zonder uitzondering verklaard dat zij niet wisten dat de gebruikte medicijnen niet altijd waren goedgekeurd. En ook waren ze er niet van op de hoogte dat er niet werd gekeken naar een donorcodicil, alvorens tot operatie over te gaan. Als het forensisch team geen vingerafdrukken zou vinden, hadden ze dus geen poot om op te staan. En de man was slim genoeg om alles categorisch te ontkennen of, nog erger, te zwijgen.

"En, ben je er klaar voor?" vroeg Frits.

"Nou, ik vind dit een lastige," gaf Klaas toe. "Ik heb ooit al eens een kop koffie met die man gedronken en toen vond ik het wel een geschikte peer. Dus neem jij het voortouw maar."

"Prima joh, geen probleem," knikte Frits. "Ik heb genoeg gevonden op internet wat onze verdenking onderschrijft. Hier, ik heb een en ander voor je geprint, dan heb je wat leesvoer om je voor te bereiden."

Hij schoof Klaas een stapeltje papier toe en deze nam de paperassen mee naar zijn kamer. Frits had niets teveel gezegd: Grevelingen hem op zijn terras lang niet alles verteld. Zo was hij ontslagen omdat er een patiënt was overleden nadat Grevelingen hem een nog niet goedgekeurd medicijn had gegeven. Voor het medisch tuchtcollege had hij zich beroepen op het zogeheten compassionate use. Hierbij mag een arts een patiënt een medicijn geven dat speciaal en alleen voor die patiënt is gemaakt. En dat had hij gedaan, aldus Grevelingen. Dan was hij toch niet strafbaar?

En deze aanvaring met het college was niet de eerste geweest. Zo had hij ook al eens de Good Manufactural Practice aan zijn laars gelapt door geen toestemming te vragen voor een onderzoek naar een nieuw medicament. Bij dat onderzoek had hij, om de vaart erin te houden, de placebocontrole voor het gemak maar overgeslagen. Ter verdediging had hij betoogd dat zijn patiënten al dood en begraven zouden zijn geweest tegen de tijd dat hij eindelijk die GMP toestemming in de wacht zou hebben gesleept. Terwijl ze nu nog leefden dankzij het door hem toegediende middel.

Klaas las alles met gemengde gevoelens. Hij kon zich de frustratie van Grevelingen wel voorstellen. Maar met de kennis van nu kon hij, net als het medisch tuchtcollege destijds, toch echt niet anders doen dan de daden van de man afwijzen. Terneergeslagen stopte hij de papieren in een mapje. Hij zag de bui al hangen. Deze kerel was gewiekst en zou zich zeker niet zonder slag of stoot overgeven. Zijn enige valkuil zou zijn bevlogenheid kunnen zijn. Als ze hem aan het praten konden krijgen zou hij zichzelf misschien verliezen in zijn eigen verhaal.

Maar dat gebeurde niet. Grevelingen hield tijdens het hele verhoor zijn mond stijf dicht. Hij gaf aan dat hij zonder advocaat niets wilde zeggen. Maar ook met advocaat bleef hij zwijgen. Kennelijk vonden de twee dat de beste tactiek omdat er gewoonweg geen hard bewijs was. En zonder bewijs kon de rechter hem niet veroordelen, zo simpel was het.

Gefrustreerd over deze gang van zaken, reden Frits en Klaas naar het landgoed. Ze hadden die nacht al heel wat werk verricht maar er moest nog meer gebeuren. Samen met een forensisch team gingen ze, en nu bij daglicht, het gebouw door. De forensische collega's concentreerden zich op het kantoor in de hoop daar de hoognodige vingerafdrukken te vinden, terwijl de twee vrienden de trap afdaalden naar het souterrain. Daar was, zo wisten ze uit de verhalen van Anne, het laboratorium waar zij de Russische papieren had ontdekt.

Ze betraden de ruimte en met handschoenen aan om geen sporen achter te laten, schoven ze de glasplaat van de tafel en verzamelden voorzichtig de documenten.

"Kijk daar!" zei Klaas opgetogen en hij wees naar een bruine, wat beduimeld uitziende tas die op een plank van een van de open kasten lag. "Dat zal de tas van, hoe noemde Anne hem ook al weer... oh ja, Pjotr Petrowski, zijn."

Ze stopten de documenten terug waar ze hoorden: in Pjotrs tas en ontdekten ook de testresultaten en autopsierapporten.

"Weet je," bedacht Frits peinzend. "Misschien is het een idee om deze rapporten door die Mischa in het Russisch te laten vertalen. En dat we dan het hele zooitje overhandigen aan de AIVD. Dan kunnen zij alles via hun connecties terugbezorgen aan de juiste relaties in Rusland. En dan weten ze in Moskou meteen dat het dus helaas pindakaas, niet werkt zoals zij gehoopt hadden en zijn wij er vanaf."

"Klinkt als een goed idee, maat!" knikte Klaas. "Laten we dat maar doen. En zullen we dan nu naar die andere ruimte gaan?"

Ernstig keken ze elkaar aan en respectvol betraden ze het mortuarium. Daar vonden ze, achter de metalen deurtjes, vier lichamen, waaronder dat van Reinier. Het raakte hen hem daar te vinden, nu ze zolang naar hem op zoek waren geweest.

"Laten we één ding afspreken Klaas," zei Frits schor. "Dat we voor deze geweldige man, al was het alleen maar voor zijn al even geweldige vrouw, een mooie begrafenis regelen. Dat verdienen ze allebei."

Klaas knikte stil.

"Maar niet via Vredehof!" merkte hij toen op met een scheve grimas en ondanks alles kon Frits wel lachen om dit wrange grapje.

Na binnen alles afgehandeld te hebben, verlieten ze het souterrain via de tweede trap, die rechtstreeks naar buiten leidde. Aan de hand van voetafdrukken volgden ze de route die Anne en Bart hadden genomen. Ze liepen om het tuinhuisje en zagen de ladder liggen en het touw aan de andere kant van het hek. De camera hing er ook nog en Frits maakte een aantekening dat ze de beelden daarvan moesten analyseren, wellicht zou dat nog extra informatie opleveren. Daarna liepen ze terug. Weer aangekomen bij het souterrain, mompelde Klaas ineens:

"Hé, wat is dat nou!"

Hij bukte, zijn blik gericht op iets wat onder een struik lag.

"Nou zeg, dat zal toch niet..."

Zijn mond viel open en hij kon zijn ogen niet geloven.

"Frits, kom eens kijken!" riep hij naar zijn vriend die iets verderop de kale plekken in het gras bestudeerde.

Frits knielde naast hem neer. Hij zag een sigarettenpeuk, nee, het was een sigárenpeuk, in het zand liggen.

"Weet je..." sprak Klaas peinzend. "Deze peuken zie je niet zo vaak. Het is geen gewone sigaar maar zo'n dunne, zo'n cigarillo, zie je dat? Er zijn niet veel mensen die dat roken. Maar laat ik nou nog niet zo lang geleden iemand hebben gezien die zo'n sigaartje opstak! En jij mag raden wie!"

"Ah nee toch Klaas, we gaan toch niet op die toer," reageerde Frits geïrriteerd. "Je weet dat ik niet van dit soort kinderachtige gedoe houd! Maar goed, geen idee, dus zeg het maar."

"Nou, mijn beste Frits!" glunderde Klaas met een grijns van oor tot oor terwijl hij een zakje tevoorschijn haalde en daar de peuk behendig in opborg. "Als ik je nou eens vertel dat..."

Om de spanning nog wat te rekken liet hij het zakje plagend voor Frits' neus heen en weer bungelen.

"dat Grevelingen deze sigaartjes rookt. Hij stak er eentje op toen hij bij mij die bak koffie heeft gedronken! Dus dit ís het! Dit is het bewijs dat hem gaat nekken!"

"Dat meen je!" reageerde Frits verbouwereerd en met een mengeling van afgunst en bewondering keek hij zijn collega aan.

Die Klaas, die had het 'm dan toch weer geflikt! En gewoon door zijn oren en ogen goed de kost te geven.

"Klaas jongen, ik zeg het niet graag," gaf hij schoorvoetend toe. "Maar jij bent toch echt een dijk van een rechercheur. Ik heb die peuk niet zien liggen. Gewoon niet. En jouw blik valt er dan natuurlijk wel op. En dat zelfs zonder zo'n Sherlock Holmes vergrootglas. Of heb je die toevallig ook nog in je zak zitten!"

Klaas schoot in de lach.

"Nee, dat niet. Hoewel ik er serieus superblij mee zou zijn als je me er eentje voor mijn verjaardag zou geven!"

"Pas maar op, dat ga ik onthouden," grijnsde Frits. "Hoewel we pas echt weten of hij van Grevelingen is als de vinger-afdrukken kloppen natuurlijk. En het zou mooi zijn als we ook zo'n pakje in zijn appartement vinden. Dus ik zal de collega's in Rotterdam vragen of ze daar naar willen kijken. En wat denk je: hoeveel gaat dit 'm kosten. Levenslang?"

Klaas haalde zijn schouders op.

"Tja, wie zal het zeggen. Dat zal ervan afhangen of het als moord wordt gezien of als dood door schuld. Maar gezien de omvang van dit drama en het feit dat hij al eerder door het tuchtcollege is berispt, zou het best eens de strengste straf kunnen worden. Of er moeten door de verdediging ver-zachtende omstandigheden worden opgevoerd."

"Verzachtende omstandigheden? Hoe bedoel je dat?" vroeg Frits zich verbaasd af.

"Nou..." zei Klaas nadenkend. "Door het beschikbaar stellen van die organen aan vaak doodzieke mensen die al jaren op een transplantatie wachtten, zijn er natuurlijk ook veel levens gered. Mensen die door een nieuw hart of nieuwe longen nu weer een volwaardig leven kunnen leiden en die anders waarschijnlijk waren overleden."

"Ah, zo bedoel je!" knikte Frits begrijpend. "Ja, daar heb je een punt. Dan is het aan de rechter om te beslissen of het doel alle middelen heiligt. En dat de goede intentie waarmee het gedaan is, als verzachtende omstandigheid kan worden aangemerkt. Geen makkelijke afweging. Ik zou niet graag in de schoenen van de rechter staan!"

"Ja, en er hangt natuurlijk ook veel vanaf voor de mensen die voor hem gewerkt hebben," merkte Klaas op. "Neem nou zo'n Bart. Hij heeft Anne weliswaar helpen ontsnappen en daarmee afstand genomen van de werkwijze daar. Maar hij heeft er wel eerst jaren aan meegewerkt. Ik mag toch hopen dat hij niet achter de tralies terechtkomt."

Frits knikte stil en even lieten ze deze gedachte tot zich doordringen. Toen legde Frits een hand op Klaas' schouder.

"Klaas, ik moet je iets zeggen. Wat je zei hè, over dat vervroegd pensioen en dat gebrek aan toegevoegde waarde en zo... dat meende je toch zeker niet. Je ziet het: we hebben je gewoon nodig. Dus basta met die onzin, ik wil het gewoon niet meer horen, begrepen?"

"Vervroegd pensioen? Heb ik het daarover gehad dan?" reageerde Klaas verbaasd maar met een olijke twinkeling in zijn ogen. "Goh, daar kan ik me nou helemaal niks van herinneren. Maar als jij het zegt dan zal het wel. Ach ja, dat krijg je hè, als je ouder wordt. Dan laat je geheugen je wel eens in de steek."

Hij illustreerde zijn woorden met een vette knipoog en beiden schoten in de lach.

"Dus daar zijn we het over eens?" vroeg Frits en met een schuine blik keek hij Klaas aan. "Je blijft?"

Klaas slaakte een gemaakte zucht.

“Nou...” zei hij weifelend. “Jij gaat nu wel heel snel! Ik bedoel... ik moet er nog wel even over nadenken.”

Frits grijnsde.

“Alleen nadenken... dat mag!” grapte hij en hij gaf zijn collega een vriendschappelijke klap op zijn schouder.

“Hé, hé, we worden toch niet te amicaal hè!” bromde Klaas gegeneerd. “Laten we het leuk houden.”

Hij stak het zakje met de peuk in zijn jaszak en met een -kom, we gaan- ging hij Frits voor naar hun auto. In opperbeste stemming, zich er meer dan ooit van bewust hoe sterk hun vriendschap was, stapten ze in om hun belangrijke bewijsstuk af te leveren bij de Officier van Justitie.

Weekblad voor Strienen

Projectontwikkelaar koopt landgoed 'De Maere'

Gemeente geeft toestemming voor sloop huidige landhuis

Projectontwikkelaar Bruins heeft na toestemming van de gemeente Strienen landgoed 'De Maere' aangekocht. Op het landgoed zullen zeven appartement-gebouwen worden gerealiseerd, samen goed voor zo'n 56 woningen. Het huidige landhuis, door de inwoners van Strienen ook wel het 'horrorhuis' genoemd, zal worden gesloopt. Bruins: 'Het huis is in een dusdanig slechte staat dat renoveren te duur is. Bovendien denken wij dat niet veel mensen er nog trek in hebben om daar te wonen.' Het bij het landgoed behorende portiershuisje is niet bij de koop inbegrepen en blijft in handen van de huidige eigenaar.

Vermiste man uit Strienen krijgt laatste rustplaats

Reinier van 't Hof, de vermiste man uit Strienen, krijgt op de begraafplaats van de St. Catharina Kerk zijn laatste rustplaats. De pastoor van de kerk stelde spontaan zijn kerk voor de uitvaart beschikbaar.

Inmiddels heeft de begrafenis plaatsgevonden. Naast Reiniers' ouders en weduwe, die werd begeleid door een goede vriend, waren er veel mensen aanwezig om Reinier naar zijn laatste rustplaats te begeleiden.

Traumateam gaat vrijuit

De verdenking tegen het traumateam van ziekenhuis "'t Spittaal" in Strienen is opgeheven. Bewezen is dat zij niet medeplichtig zijn aan de gebeurtenissen op landgoed De Maere.

Trauma-arts Hans v.d. Berg reageert opgelucht: "Het is natuurlijk heel erg wanneer je van zo iets wordt verdacht, vooral omdat wij altijd bezig zijn mensen te redden. We zijn dan ook heel blij dat onze naam is gezuiverd."

Versteegh nieuwe directeur 't Spittaal

W. Versteegh, hoofd afdeling Chirurgie van 't Spittaal te Strienen, wordt de opvolger van directeur Demmers die wegens de gruwelen op landgoed 'De Maere' uit zijn functie is gezet.

Het proces tegen Demmers en enkele medewerkers van uitvaartcentrum Vredehof begint over twee weken.